ほどほど快適生活百科

群　ようこ

集英社文庫

ほどほど快適生活百科　目次

まえがき

この本は「百科」とあるように、衣食住をはじめ、もろもろの生活全般の事柄に亘って百項目書いた内容になっている。あらためて読み返してみると、

「生活するって大変なんだなあ」

とつくづく感じた。仕事、住居、食事、服装、経済、趣味、人付き合い、病、将来についてなど、それらすべてに毎日、選択がついてまわる。私は独身だからまだ楽をしているけれど、家族がいる人は、家族の行動、相手の気持ちも思いやって自分の行動を選択しなくてはならない。子供がいる人は、そこに育児も加わる。

「自分はこうしたいから、やる」

が通らないのである。自分一人でさえ、あれこれ考えすぎて、結局はどうでもよくなることが多いのに、家族がいる人たちは、日々、どれだけの事柄の選択をしているのかと想像すると、気が遠くなってくる。

六十年以上生きてきて、生活していくためのすべての事柄に関しては、その場その場であたふたと物事に対応するよりも、ある程度、予測、習慣化、システム化したほうが自分が楽だと感じるようになった。

まわりでも何も考えずにすべて行き当たりばったりで物事に対処しようとする人がいたが、見ているとまず感情が先に立ってしまい、あまりいい結果は出ていないような気がした。独身、家族持ちに関係なく、その家ごとの小さな決まりを作っておいたほうが、結局は自分が楽になるような気がする。

具体的にいえば人間関係の場合は、起こるであろう事象を想像して、それに対応できるように考えておくこと。もちろんきっちりとシナリオを書いておくわけではなく、おおまかに考えておくだけで、物事に落ち着いて対処できる。習慣化、システム化などの身近な例では、食事のパターン化、所有物の数を決めてしまうということだ。

この本に書いてあるのは、私の生活を切り取ったものだ。ずっと独居で自分勝手に暮らしてきたので、これが皆様のお役に立つとも思えないのだが、このなかのひとつでも、「やってみたい」「役に立った」という項目があれば幸いである。

ほどほど快適生活百科

衣

1 これからの服選びにはアドバイザーが必要

今までは服の多くを通販で購入していたが、気に入ったブランドが見つかった直後に消滅したり、デザインが好みに合わなくなったりで、外出着をどうしようかと悩んでいた。そんなとき友だちと食事をした後、服を買うからよければ一緒に来ないかと誘われた。彼女はファッション業界にいた、美人でお洒落(しゃれ)な人なので、喜んでくっついていった。すると店まで歩いていく道すがら、彼女が、

「これから行く店の服は、主人が『群さんに絶対に似合う』っていってたのよ」

という。彼女のご主人も四十数年、ファッション業界にいた方で、四、五回、お目にかかっている。私も『PLAIN PEOPLE』というブランドは知っていたけれど、着るには少しタイプが違うかなと思っていたのだ。

お店にある品物は、私が好きな色合いばかりだった。そのなかで彼女がイチ押しで勧めてくれたのが、カシミヤのリバーシブルのロングコートとワイドパンツだった。ワイドパンツはともかく、百五十センチそこそこの身長で、くるぶし丈のロングコートなんて、今まで想像もしていなかったのだけれど、彼女もショップの店員さんも、大丈夫と

何度もうなずくので試着してみた。するとどういうわけか背が高くほっそりと見えたのだ。自分でも意外だった。

店内の服を見ていると、どうしてもこれまで見慣れた雰囲気の服を手にとってしまう。それを見た彼女に、

「これから歳を重ねて着るための、少数精鋭の服を選んでいるのに、これまでと同じような服を買ったら意味がないでしょう」

と釘を刺された。その通りである。お勧めされたロングコートとワイドパンツを買ったところ、冬のお出かけにとても重宝していて、何度も着ている。

私はたまたま身近に彼女のような人がいて助けてもらったけれど、これからの新たな服選びの道筋をつけてもらうためには、客観的な目で厳しく判断してくれる、センスのいいアドバイザーが必要だ。自分の固定観念をがつんと壊してくれる人が。知人、ショップの店員さんで、そのような人が見つからなかったら、買い物のアドバイスもしてくれるスタイリストの方もいるようなので、一度、プロに依頼するのもいいかもしれない。自分で様々な情報を参考に服を選んだとしても、結局は同じ結論しか出せない。それよりもアドバイザーのひとことのほうがはるかに重要だと、今回の件で私は深く納得したのだった。

2 愛用しているショップいろいろ

現在も物品処分が進行中なので、洋服については減っていく一方である。とはいえ、年々、似合うものが変わったり、私のほうの好みも変わったりするので、何かしらは購入している。そして買った枚数の倍の枚数を処分しているので、だんだん厳選されて少なくなってきた。

お出かけ用の服を購入しているのは、前述のファッション業界にいた友だちのご夫婦が推薦してくれた、『PLAIN PEOPLE』である。色合いも、黒、青、白、ベージュなど、私の好みの色が多く、デザインもシンプルで組み合わせがしやすい。素材に比べて価格も抑えてあると思う。以前こちらでサルエルパンツを購入したが、同じ素材でストレート、ワイドのデザインがあり、試着してシルエットを検討できるのがありがたかった。素材が違うとどう判断していいかわからなくなるのだが、同じ素材だと自分に似合うシルエットが比較検討できるので、服選びの役に立った。店舗によって品揃え（しなぞろえ）がずいぶん違うようだが、私は青山の本店に行っている。

家で着る普段着、ワンマイルウエアはほとんど通販で購入する。年間を通して利用しているのは『無印良品』『ユニクロ』『45R』だ。トップスは無印良品が多く、ボトムスはユニクロが多い。以前はユニクロのストレッチデニムのストレートを愛用していたが、製造中止になったようで、手持ちの三本を大切に穿(は)いている。

人に会ったりするときの、トップス、コート類は、45Rのものを着ている。背が低く腕が短い私でも、袖をひと折りして着られるようなコートが多く、直しをしなくてよいのが、とてもありがたい。ダウンコートのもこもこになるステッチが大嫌いで、どこかにそうではないコートはないのかと探していたら、裏にはステッチはあるけれど、表には何もないコートをここで見つけて、これだとばかりにとびついた。探しているものがいつも見つかるのでうれしい。

私は襟開きが大きいものが苦手なのだけれど、ここのはTシャツもタンクトップも襟開きが絶妙な開き具合で、とても着やすい。値段はピンキリで、たまにびっくりすることもあるが、普段着なので自分で枠を決めて、そのなかで買うようにしている。

夏場の部屋着のぶかっとしたワンピースは『SOU・SOU』の、「高島縮(たかしまちぢみ)　長方形衣」が涼しいので、柄違いを購入して愛用している。

3 新しい色やデザインへのチャレンジ方法

今までとは違う、新しい色は着てみたいと思うし、たまに行くデパートで、ディスプレイしてある服を見て、

「こういうデザインもいいな」

と感じることはある。トレンドアイテムについては、すぐに購入しないので、どうしても欲しかったら、一度流行が落ち着いてから買うことにしている。ブランドも気に入ったものがいくつかあったが、今は『PLAIN PEOPLE』で落ち着いている。

新しい色やデザインに関しては、夏に、緑色の地に絵本の一ページを切り取ったようなプリント柄のノースリーブのブラウスと、秋冬向きの赤いVネックのカーディガンを通販で買った。

『45R』の緑色のプリントのブラウスは、大物を買うと失敗したときのダメージが大きいので、インナーとして着るための、最小限の面積のものにした。薄い色、濃い色のどちらの羽織物の下に着ても評判がよく、着心地もよかった。それはいいのだが、タグをよく見たら、ドライクリーニングしかできないと書いてあった。それをチェックしなか

ったのは私のミスだ。夏に着るものでクリーニングしかだめというのは、ちょっときつい。脱いだ後に汗抜きなどをして、何回か着てクリーニングに出したけれど、戻ってきたら劣化しているように見え、来年、同じ気持ちで着られるかどうかはわからない。
赤いカーディガンは皆様御用達（ごようたし）の『ユニクロ』である。自分の中での色のお試し期間なので、ふだん何度も着て、決定を下そうとしたのだ。古くから私を知っている友だちには、私は赤が似合うんじゃないかとずっといわれていたので、重ね着での必需品のカーディガンを買ったのである。色は似合わないことはないけれど、洗濯したら風合いがどうなるかなと心配ではある。気軽に買えるものは、洗濯するまでが命なのだ。

　何度洗濯してもきちんと当初の状態に近い品質を保つ衣類は、それなりに高価になる。そうでない場合は、ワンシーズンだけ楽しむと割り切ったほうがいいだろう。色やデザインに関しては、分量の小さなものからはじめたほうが、ダメージは少ないが、何でも失敗があるからこそ学べるのであって、チャレンジして失敗したとしても、よい勉強になったと、諦めることが肝心なのである。

4 通販は「寸法計測」で失敗知らず

着ている服を褒めていただいたときに、

「これ、通販ですよ」

というと、みんな驚いた顔をする。

「どうして体に合うものが買えるのですか。私は服はとても怖くて買えないのだけど」

そういう人もいた。

私が通販を利用する理由は、店での試着に疲れるようになったからである。試着は一枚のみではなく、何枚かの中で選ぶ場合が多いので、単純に脱いだり着たりの連続に疲れる。またもうひとつ、体形的に問題の多い私は、気に入った服を見つける→わくわくしながら試着する→入らない、あるいは部分的にぱつぱつ→店員さんの「いかがですか」という問いかけに怯(おび)える→落胆と恥ずかしさで逃げるように去る、というのを繰り返していたので、この一連の流れに耐えられなくなったこともある。若い頃は平気だったが、体力だけではなく気力も衰えてきたのだ。

通販を利用した当初は、イメージが違って失敗したと思うことがたまにあった。自分の体のサイズに近いものを買うわけだけれど、それだとどうも違和感があった。あれこれ考えたあげく、体のサイズではなく、自分の持っている着やすい服の寸法に近いものを選ぶようになって、体に合うものが買えるようになった。

それぞれのアイテムで、着心地がいいものの寸法を測っておく。私が重要視するポイントは、シャツ、ジャケット等は、肩幅、着丈。パンツはわたり幅で、それを基準にした結果、ウエストやヒップの寸法が大きくなってしまう場合は、どんなに気に入っても諦める。色に関しては普段は黒、紺、グレーといった色合いしか買わないので、失敗した記憶はないが、鮮やかな色を買う場合は、より注意したほうがいいかもしれない。

その結果、私が通販で買った服のサイズは、購入時の体形は変わらないのに、XSからLまでになった。業界的にはいちおう基準になるサイズはあるのだろうが、素材もデザインも様々な服があふれている状況では、自分の頭の中にある体のサイズは、あまり意味がない。Mサイズで入らなくても、どうってことはないとわかったのである。

もしかしたら通販を利用している人は、前々からそうしていたのかもしれないけれど、通販が不安な人も、こういう方法だったら、手持ちの服とのサイズ比較もできるので、安心できるのではないかと思う。

5 シーズンごとの「お出かけセット」

洋服の数を減らすためと、外出するときにコーディネートに迷わないために、「お出かけセット」と名付けたコーディネートを作っている。最近は天候が不順なために、真夏以外はきっちりと着用時季を分けられないので、天気、気温で臨機応変に対応している。外出先がどこであっても、間違いがないのはワンピースだろう。正装が必要な式、パーティーのような特Aランクの場所には着物で行くので、私にとってのAランクは、ホテル内にあるような名の通ったレストランになる。ひらひらとした素材のほうが、よりドレッシーで場の雰囲気に合うのかもしれないが、私には似合わないので、ある程度しっかりとした布地で、アクセサリーや他のアイテムで変化がつけられるものを選んでいる。

*春と秋は薄手のウールにポリエステルなどが混ざっているもので、襟なしの七分袖で無地。色は私のカラーリングしていない髪の毛に合わせたグレーと、好きな色のネイビー。

*冬はウール百パーセントで、春、秋に着るものよりもやや厚手でラインもゆったりめ

のもの。襟なしで長袖。色は濃いグレー。

＊秋で気温が高いときは七分袖のほう、寒いときは冬用の長袖を着る。

Ａランクの場所に行くときには、ネックレスやスカーフで変化をつける。冬用にはフェイクファーのつけ襟も持っているけれど、今まで使っていない。秋冬、春の寒い日には肌色のストッキングではなくタイツを穿く。春先は色が黒だと重いのでグレー。ネイビーには紺色。冬の濃いグレーには黒。靴はエナメルのフラットシューズが多い。

Ａよりややカジュアルで、一般的なレストランや食堂であるＢとの中間くらいの場所や店のときは、アクセサリーとしてのスカーフはしないで、カーディガンを羽織る。ワンピースが無地なので、素材はカシミヤ、コットンアルパカで、前身頃に手刺繡（てししゅう）や、襟ぐりに同色同素材でコサージュが留め付けてある二枚を選んでいる。

＊夏は汗の問題があるので、ブラウスとスカートで合わせて着るとワンピースに見えるようなセット。色は両方とも紺色で、ブラウスは前身頃にフリルが縦横についている半袖。スカートはふくらはぎより下の長めの丈で、レースと同色の無地の布地が、つぎはぎされたようなデザインになっている。両方とも何年か前に『コム デ ギャルソン』で購入した。これだと黒いソックスにフラットシューズでも、何とかまとまるので愛用している。

6 続・シーズンごとの「お出かけセット」

外出するときの「お出かけセット」の続きである。私のなかのB、Cランクの場所というのは、一般的なレストラン、食堂である。この区分けは曖昧で、店の雰囲気や立地、会う相手によっても多少変動する。

＊春はAラインの膝丈のスカートが主になる。トップスは薄手のセーターで、よりカジュアルな場合はTシャツで、それぞれカーディガンと組み合わせる。昔はテーラードカラーのジャケットが好きで着ていたが、歳を重ねるにつれて似合わなくなった気がするので、前項のAとBランクの中間用の、手仕事が施してある、コットンアルパカのカーディガンを着る。前ボタンをとめてセーター風にも着られたり、組み合わせがきく点でカーディガンを選んでいる。

＊夏は襟なし、ノースリーブのワンピース。紺白のギンガムチェックを接(は)いだようなデザインなので、カジュアルな雰囲気になっている。その上に丈が短くてやや裾広がりになった、白いコットンのジャケットを着ると、少し改まった雰囲気になる。麻のシルバ

ーグレーのロングカーディガンとも組み合わせたりする。その他、丈が短くて前身頃はシンプルだが、後ろ身頃にラフな感じのレースがはめ込んである濃紺の綿のカーディガン、紺色のサルエルパンツ、トルコブルーのやや透けた感じのビッグニット、銀色のアクセサリー、シルクの玉が連なったネックレス、水色地の柄物の麻製ロングスカーフなどを使っている。

＊秋は紺色のやや厚手のウールの膝丈スカート。二十年ほど前に購入した、表地がハリスツイードで裏地が木綿地の花柄の古着風ジャケットとの組み合わせが気に入っている。タイツに『ビルケンシュトック』の靴を合わせる。こちらも二十年以上前に購入した、『ジル・サンダー』の膝丈コートの下には、コットンアルパカのカーディガンとスカートを着る。このときはフラットシューズを履く。

＊冬はカシミヤの紺色のワイドパンツに、同色のボートネックのチュニックセーターの組み合わせが多い。チュニックセーターは、もう一枚、メランジ糸で編まれたクルーネックのものも持っていて、こちらはよりカジュアルな雰囲気になる。足元はショートブーツが多い。雨が降りそうなときは、表に縫い目が出ていないダウンのコート。寒いときはカシミヤのロングコートにしている。まだまだ枚数は減らせるかもしれないと、考えているところである。

7 冠婚葬祭の準備はぬかりなく

三十歳までは、おめでたい席に出席したときは、暖かい時季はワンピースに一連のパールネックレス（模造品）。寒い時季は濃紺のドレッシーなツーピースに同じネックレスをした。三十歳以降は、おめでたい席は着物にしてしまったので、その場に合わせて、訪問着、縫い紋付きの江戸小紋（角通し）、無地の紬に袋帯を締めて出席している。

不祝儀については、いちおう濃いグレーの袷の江戸小紋（角通し）は準備してあったけれど、不祝儀は袷の着物が着られる季節にあるとは限らない。なので春夏用、秋冬用のツーピースタイプの喪服を、それぞれ用意していた。

幸い喪服は考えていたほど着る機会がなく、クローゼットに吊したまま、静かに劣化していった。春夏用の喪服のスカートは、外出着として穿いていたため、未着用のジャケットとの劣化の差が激しかった。没個性的で変化がなさそうな喪服でも、何年か経って着てみると、「あれ？」と感じる。黒でシンプルなデザインの喪服も似合わなくなるのである。あるとき、一着を着倒しているのか、汗をかくところが、何か所も白っぽくしみになっている喪服を着ている人をみかけたが、感じのいいものではない。着る回数は少なくても、きちんとメンテナンスをするか、買い替える必要がある。私はもう買い替えは最後と、数年前に喪服を買った。ワンピースとジャケットのセットで、ジャケットを脱げば、夏の不祝儀にも使えるデザインのものだ。

祝儀、不祝儀用の小物も、すぐに取り出せるように、それぞれ大きな箱に入れて置いてある。祝儀用の箱には、末広、名物裂（めいぶつぎれ）のボストンバッグ、草履、足袋、足袋カバー、金封入れと祝儀袋。不祝儀用の箱には、黒地の布製バッグ、黒色の大判ハンカチ、黒ストッキング、念珠袋に入れた念珠、黒の折りたたみ傘、濃いグレーの金封入れと不祝儀袋、紺色の財布と小さくたためる黒のサブバッグ、布製の黒いパンプス、布製の黒草履、和装用の黒いポケッタブルコート、薄墨の筆ペンが入っている。こういったものは、まとめておくに限る。あたふたして家中からかき集めても、絶対何かを忘れてしまうからだ。祝儀袋も不祝儀袋も、必ず二枚以上購入し、最後の一枚を使ったら補充しておく。ふだん使う機会が少なく、無駄のような気もするけれど、冠婚葬祭の準備はぬかりなくしておくのが、大人だと思うのである。

8 着物生活、はじめの一歩

着物を着たいという女性はたくさんいるけれど、いったい何からはじめればいいのかと悩む人も多いと聞く。金銭的な問題も大きい。第一段階として浴衣がおすすめで、それで慣れてから着物へともいわれている。私もそれがいいと思うけれど、浴衣をだらしなくないように着るのは、初心者には意外と難しく、そのうえここ数年の七月、八月は猛暑続きで、浴衣でさえ着たくなくなるほどで、意欲も萎えそうになる。

なので普段着として着たいのであれば、私のおすすめは、自分のサイズで誂えた木綿の単衣の着物である。値段も絹物に比べたらずっと手頃だし、家でも洗濯できる。何よりも自分の体に合った寸法なので、着付けに慣れていない人にとっても楽なはずだ。柄も昔は、縞、格子といった柄がほとんどだったのが、最近は無地だったり、花柄だったりと種類が増え、ホテルなどでのパーティーや礼装が必要な場には着られないが、友だちとの気軽な集まりや会食、買い物、居酒屋などではフル稼働できる。

小紋のような柔らかい着物が着たいという人は、価格的にリサイクルの着物を探すしかないかもしれない。その場合は、サイズに限界があるので、選択肢が狭くなる。そしててろんとした着物を着るのは、初心者には難しい部分もある。着るのがストレスになって、嫌になってしまってはもったいないので、とにかく自分の寸法に合った着物を着ることが、着物に慣れる第一歩になるだろう。

ポリエステルなどの合繊(ごうせん)の着物もあるけれど、私は慣れていない人ほど、天然素材の着物を着たほうが楽なような気がしている。私も着てみたことがあったが、天然素材だと着付けのときに体に沿ってくれるのに、合繊は逆に体に近づけると布が離れようとするので、とてもやりにくかった。

基本的にはＴＰＯは守りつつ、自分が着たい着物を着るのがいちばんいいと思う。ただリサイクルの場合、紬などの織りの着物はそれほどでもないが、染めの小紋などは明らかに劣化がわかってしまうものが多く、古物とわかる場合も多い。それでも気に入っているのならば大事に着ればいいし、自分が着ていて気持ちが浮き立ち、楽しめる着物がいちばんだ。絹物を着ると汚しそうで緊張するというのであれば、合繊の着物にすればいい。とにかく日常的に、楽しく着物を着る人が増えればと願っている。

9 失敗から学んだ下着選びのコツ

世の中は服と同様に下着もあふれかえっている。素材のバリエーションは増えているのに、下着は簡略化の一途をたどっているような気がする。カップつきのキャミソールやタンクトップを、一年中愛用している女性も多い。私も夏場はなるべく下着を重ねたくないので愛用している。

しかしサイズが合うものに出会うまでは、何度か失敗した。カップサイズではなく、大雑把にSMLのサイズ展開がほとんどで、最初はもたつかないほうがいいかしらと、ストレッチがきいた素材のものを買った。ところが着ているうちに汗をかいて、ふやけた肉にストレッチが食い込んで締めつけられ、着替えるときも、

「ぐあああ」

と渾身の力を込めて、胴体から引き剝(は)がさないと脱げないほどだった。

それに懲りて次にオーガニックコットン製の、ゆるめのものを買ったら、今度は胸まわりがぶかついてカップが浮いてしまい、偽巨乳にはなるものの、とても着づらかった。この経験を生かして、素材と胸囲サイズをチェックし、胸のホールド力が強くなく、か

つぶかつかないものを探した。胸のホールド力が強いものは、胸を安定させるために胸まわりが締めつけられて辛いのだ。カップが固定されているものより、取り外し可能なもののほうが私には合っていた。キャミソールタイプは肩から見えると下着感が強いので、持っているのはタンクトップタイプのみである。

オーガニックコットン製の下着も、あちらこちらで売られるようになった。私も愛用していたが、デザインや縫い方によっては、オーガニックコットン製でも痒くなるため、最近はこだわらなくなった。使っていた下着にはピコレースがあしらわれていて、洗濯をするにつれて、レースの部分が肌に当たって痒くなってきたので処分した。肌にいちばん近いものだから、素材はとても大事だが、デザイン、パターンも着心地に大きく影響してくる。

下着が簡略化の方向に向かっているのは、女性が、何枚も身につけていると鬱陶しいとか、面倒くさいと感じているのが理由なのではないだろうか。その一方で、体が解放される時間帯である寝るときに、胸の形を整えるために、専用のブラジャーをつけて寝る女性もいる。楽にはなりたいけれど、体形が崩れるのはいや。女心は複雑なのである。

10 洗濯は天日干しが第一条件

私はふだんずっと家にいるので、会社に勤めている人よりも、洗濯に関してはとても楽をしてきた。好きなときに洗濯ができるし、午後から雨といわれても、降ってきたら取り込めるし、それほど困ったことはないが、衣類を断捨離して枚数が減ると、洗濯の回数が増えるので、より天気が気になるようになってきた。

うちの洗濯機はドラム式でない、縦型の乾燥機能つきのものだが、ほとんど乾燥機能は使わない。それは日中、洗濯物が干せるということもあるのだが、乾燥に向かない自然素材の衣類が多いからだ。

先ごろも雨が続き、外出の予定があって、午前中が晴れの日も洗濯ができず、洗濯物が溜まった。着られる服が少なくなり、下着のパンツの残り枚数も数えたりして、仕方なく久しぶりに洗濯乾燥コースを使うことにした。すると頼んでもいないのに、麻素材のワイドパンツやガーゼの手ぬぐい、Tシャツなど綿や麻のものがすべてプリーツのようにたたまれた状態になった。ガーゼの手ぬぐいはそのまま使い、Tシャツは形を整えて、すぐにハンガーにかけたら、何とか元に戻ったのだが、ワイドパンツは完全にだめで、後日、天気のいい日に洗い直した。以前、フルタイムで働き、いつも乾燥機を使用している女性から、自然素材は乾燥には向かないと聞いていたが、その通りなのである。

このような事情で天日干しが第一条件なので、晴れ、曇りの日に洗濯をする。夏は午前中さえ晴れれば乾くのでいいのだが、冬はちょっと困る。どうしてもだめなときは部屋干しをするけれど、芯から乾いたような感じがせず、何となく匂いも気になるのだ。

私は柔軟剤の香りや、ぬるぬるした感じが大嫌いなので使っていない。ふだん使っている洗剤は「エコベール」と「海へ…」で、漂白剤は台所と共用で、酸素系のものを使っている。ミニマリストの人は、家族がいても所有する衣類が少ないため、こまめに洗濯をしたり、単身者の場合は、着たらその日のうちに上から下まで、手洗いをしたりするようだ。けれど私は、目の届くところに洗濯物が干してあるというのが、ちょっといやなのだ。洗濯は好きだけど、洗濯物を干さない日も作りたい。なので毎日、天気予報をチェックして洗濯をし、風が吹いてきて気温が下がり、雨の気配を感じたら、急いで洗濯物を取り込む。洗濯に関してはすべてお天気頼みなのである。

11 最近の服はほどほどの手入れで

私は基本的にドライクリーニングが好きではないので、なるべくしなくて済む素材の服を買うようにしている。といっても冬物は自宅で洗うのも難しいので、着た後に手入れをして、ドライクリーニングに出す回数を減らしている。

というのも最近の服はドライクリーニングに出すと、明らかに劣化して戻ってくるからである。十の状態で購入し、クリーニング後に戻ってくると、だいたい七、ひどいときには五の状態になっている。私はチェーン店ではなく、家族で仕事を請け負っている店に持っていっており、店の仕事はとても丁寧なのにだ。これはクリーニング店の問題ではなく、素材の問題ではないかと思う。消費者の購入サイクルを早めようとする、メーカーの魂胆ではないかと疑っている。

Tシャツ、ブラウス、肌着の類はネットに入れて洗濯機で洗う。薄手のものは手洗いをする。タオルは洗濯機行きだが、手ぬぐいは水で手洗いし、ベランダの直射日光があたらないところに干す。

冬物は着た後に必ずブラシをかけて、クローゼットにしまう。セーターも軽くはたいて埃(ほこり)を取り、クリーニングには出さずに手洗いしている。もともと面倒くさがりなので、毛玉ができそうな素材は買わないようにしているが、それでも着ているうちにできてくるものなので、目立ってきたらハサミでカットしている。

害虫対策はハッカ油を和紙に何滴か垂らして、それをセーターと共に引き出しに入れる。以前、一度着たブラウスを洗うのを忘れて、ハンガーに掛けたままにしておいたら、次に着ようとしたときにカビが生えていてびっくりしたので、クローゼットにハンガーで掛けられる板状の除湿剤をぶら下げている。湿気が溜まると色が変わるようだが、まだその状態にはなっていない。

昔は手入れをしながら、何年も同じ服を着たものだが、今の服はそういうわけにはいかない。こういう現状に抵抗していたけれど、今のこの世の中には、十年も着続けられる、私が愛着を持てる服はないと諦めた。夏物のひんぱんに洗うものはワンシーズン、スカート、パンツなどは二年くらい。冬物も三年くらいで買い替えるようになった。なので、手入れもほどほどに、「こんな感じで、あと二年くらいは持つかな」程度の気持ちでやっているのだ。

12 バッグの中のレギュラーメンバー

私は長年バッグインバッグを使っていて、バッグを替えると、それごと入れ替える方式にしている。何の不便もなかったので、特に中身を点検することもなく、そのままずっと使ってきたのだが、中に何が入っているのか、あらためて見てみた。

イラストレーターの土橋とし子さんからいただいた、お手製の糸巻き柄のティッシュカバーとティッシュ。たしかアメリカのアンティーク生地で作ったとうかがった。縦七センチ、横四センチの二つ折りの手鏡。つげの櫛。「パピアプードル」という、私が学生の頃からあった、イギリス製のミニノートタイプの紙白粉。銀行のカードと印鑑。パスポート。友だちからもらった華厳寺の御守り。財布。リップクリーム。手ぬぐいは外出するたびに洗い立てのものに入れ替えている。

バッグインバッグを使っていなかったときは、家に帰るとお菓子が入っていた平たい箱に、バッグの中身を取り出し、外出のたびにそれらをまたバッグの中に入れていた。周囲の女性はポーチなどを使っていたが、私はどうもポーチという代物が好きになれなかった。女性が持つ小物類は、花柄などのファンシー系が多く、余計なフリルやリボンがついていて、シンプルなものはほとんどなかった。デザイン過剰で持ちたいと思わなかったので、持ち物については「全出し、全入れ」を繰り返していた。

私好みの、ドット柄や無地などのシンプルなバッグインバッグが、世の中に出てきてくれたおかげで、バッグ内の整理も簡単にできるようになったわけだが、いざというときのためにしのばせているものは特になかった。ＯＬのときは携帯用の裁縫道具を入れていたが、外出前に衣類を点検すればいいと、持ち歩くのはやめにした。ストッキングの替えもバッグに入れていた記憶があるが、今はコンビニがあちらこちらにあり、足りないものがあってもすぐに買えるので、準備しておく必要がなくなったのだ。

体調を崩していたときは、出先で気分が悪くなってタクシーで帰る可能性もあるかと、千円札十枚をいつも封筒に入れて持ち歩いていたが、幸い使わなくて済んだ。今のところいざというときに役立つものは持っていないけれど、外出先で地震があったときの情報収集のため、ラジオは持っていたほうがいいかもしれない。携帯電話は持つ気はないので、これから軽量で性能のいい携帯ラジオを探そうと思っている。

13 最近手に入れたお役立ちグッズ

ふだんは老眼鏡以外の眼鏡は使わず、裸眼で済んでいるのだが、最近愛用しているのは『乾(いぬい)レンズ』の「オールタイムサングラス Ｃｕｔｅ」、日常的に使えるサングラスである。これはレンズの色がとても薄く、普通の眼鏡と変わらない印象で、紫外線がカットできるものだ。

歳を重ねると、目も衰えてくるので日射(ひざ)しが目に入ると辛いときがある。昔は夏の期間中だけ気をつけていればよかったけれど、最近は春先から秋口までも、日射しの強い日が多い。昼の真上に太陽がある時間帯よりも、斜めに日射しが顔に当たる、午後の時間帯のほうが辛い。光が目を直撃するからだ。

そんなときにこのサングラスがとても役に立っている。レンズに濃い色がついたサングラスを、夏ではない時季にかけていると、どうもバランスが悪い。秋冬用の長袖を着ているのに、サングラスをかけているのが、ちぐはぐな気がしていた。しかしこれだと、外見からはそうとはわからないし、これをかけて外出すると、とても目が楽になる。夏に着物で外を歩くときも役に立っている。

もう一つ、購入してよかったのは、『浪速屋(なにわや)』の「たとかーふの小銭入れ」である。これまでもお札を入れている長財布とは別に、溜まった硬貨を入れておく小銭入れを使っていたが、いずれもころっとしたがま口タイプ、あるいはボックス型だった。しかし中で硬貨が積み重なって、目的の硬貨をさっとつまみ出せず、百円玉と間違えて五十円玉や一円玉を取り出したり、あったはずの五円玉が行方不明になったりして、不便を感じていた。便利に使うために小銭入れを買ったのに、使い勝手はいまひとつだった。

ところが横長の、硬貨を縦に整列させて入れるタイプのこの小銭入れにしたところ、何と硬貨の出し入れがスムーズなことか。私が使っているのは、出し入れ口の幅が十六センチ、深さが四センチ、マチ幅が三センチ足らずで、中が三つに仕切られている。ここに硬貨を種類別に縦に整列させて入れると、何が何枚あるか一目瞭然で、レジの担当者に金額を告げられてあたふたする四百九十九円も、待ってましたとばかりに、スムーズに取り出せる。どうしてかわからないけれど、やったという達成感もある。

ころっとしたがま口やボックス型は収納力はあるけれど、あまり機能的ではない。こんなに便利な形状なのに、どうして一般的に普及しないのだろうか。これが小銭入れの一般的な形になれば、レジなどでの長蛇の列も、少しは改善できるのではないかと思う。

14 アクセサリーやスカーフの収納

多少、金銭的な余裕もでき、まだ体力もあった四十代の頃は、指輪、ネックレスなどのアクセサリーを買っていた。しかし十年ほど前に、体はひとつなのにこんなに持っていても仕方がないと、歳を取っても身につけるであろうと思うもの以外を、知人にあげてしまった。最近は値段も安く、軽いビーズのネックレスが気に入り、何本か買って楽しんでいる。

持っているアクセサリーの数は多くないので、チェストの上段の小さな引き出しひとつに収まっている。そこにいただいたお菓子類の紙箱で仕切りをし、ネックレス、指輪などを入れている。蓋を開け閉めするのが面倒くさいので、蓋はしていない。整理するほどの数は持っていないし、アクセサリーはそのもの自体が小さいので、よほど持っている数が多くない限り、収納場所に困る事態にはならない。しかしスカーフの整理整頓については悩んでいた。

布が好きなので、ついついスカーフを買い続けていて、ふと気がついたらとんでもない枚数になっていた。チェストの大きな引き出し一段分のスカーフを持っているときは、自分でもどんなものがあるか把握できなかった。そこで全部、見渡せるほうが便利なのではと気がつき、スカーフの向かい合わせの角を中心に向かって折るバイアス折りにして、一本のハンガーに四枚ずつずらして並べ、クローゼットに掛けてみた。

たしかに一度に全部の柄は見渡せるのだが、柄や色が一団となって目に入ってくるので、かえって選べなくなった。ハンガー一本だけでも、四枚掛かっていると迷う。スカーフ一枚にハンガー一本とするわけにもいかないので、そのままにしていたら、結局使わなくなってしまい、死蔵するような結果になった。

そこで考えたのは、持つのはメインの色一色ずつでいいのではないか、ということだ。私はつい柄に目がいってしまい、好きな青系だと数枚の柄違いのスカーフを持っていた。しかしこれからは、各色一枚にしようと、私なりの厳しい目で柄を選別し、残念ながらそれからこぼれてしまったものはバザーに出した。

現在はいただいたものを含めて十四枚になっていて、アクセサリーを入れている隣の、小さな引き出しにたたんで入れてある。選ぶのにも時間がかからなくなっていいのだけれど、最終的には五枚くらいにしたいと考えている。

15 悩み続ける靴選び

甲高幅広の足のせいで、靴選びには悩み続けてきた。女性らしいパンプスよりも、ローファーや紐靴が好きなのも、そういったデザインのほうが、足に合う可能性が高かったからだ。ローファーはだいたいゆったりめに作られているし、紐靴は甲高でも紐の具合をゆるめれば圧迫感なしに履ける。しかしそういった靴はしっかり作られているので、重い。歳を取るにつれて重い靴を履いて歩くのが苦痛になってきて、ふだんは軽くて歩きやすい靴ばかりを選ぶようになった。

ある時期からずっと、『ヨネックス』のパワークッションのスニーカーを愛用しているが、出かけるときは『ビルケンシュトック』だったり、『ノーネーム』などの、控えめ厚底のスニーカーも履いたりしている。パンプスはローヒールであっても、先細りしている靴のつま先と、先が広がった私のつま先がどうしても相容れない。たしかにパンプスは足がすっきり見えるのだけれど、履いているうちに、足の小指がとてもかわいそうなことになるので、葬儀に参列する以外には、ほとんど履かなくなってしまった。

また足のサイズも意外に変動があり、二、三年前までは、二十二・五センチでワイズが4Eだったのが3Eになり、今は二十三センチで3Eである。どうしてこの歳になって足裏が伸びたのかは謎である。たしかに同じ二十三センチでも、メーカーやデザインによってゆるく感じたり、きつく感じたりするけれど、洋服と同じように、靴のサイズチェックも必要になってきたのだ。

最近は、新調した夏物のチェックのワンピースに合わせる、カジュアルにもちょっとした外出にも使えるサンダルを探していたら、ポルトガルの『アルコペディコ』というブランドのもので、履きやすいものが見つかった。同じ系列の『ロパール』というメーカーの靴も履いてみたらとても軽くて足になじんだので、愛用するようになった。デザインはバレエタイプではなく、甲が深いシンプルなスリッポンを履いている。ヒールが四・五センチで革がとても柔らかい。履きはじめたばかりなので、耐久性についてはわからないが、スカートにもパンツにも合わせやすい。足幅の狭い人には、他のデザインの靴のほうがいいように思う。ただし他のメーカーよりも造りが小さいのか、私のサイズは両方とも二十三・五センチだ。また何年かすると、足のサイズも感覚も変わるかもしれないが、今のところこれらの靴で落ち着いている。

食

16 毎日の食事は昭和のちゃぶ台型

私は会食がない限り、毎日三食、自炊をしているが、実は料理がとても苦手である。とにかく簡単にできて、栄養バランスがいいものをと、そればかりを考えている。

日本には多くの国の料理店がある。フランス、中華料理は昔からあるが、その後、イタリア料理、アジア系のエスニック料理が流行し、そのほかトルコ、メキシコ、アフリカ料理なども紹介されるようになった。カレーはほとんどインド料理という感覚がなくなって、すでに日本食のひとつである。

二十四歳のときにひとり暮らしをはじめて、自炊するようになってから、各国の料理店が増えてきて、それに伴ってそれらの料理を作るための調味料も、店の棚にあふれるようになった。私もバルサミコ酢、ナンプラー、スイートチリソース、その他スパイス類も購入してみた。一度や二度は本を見ながら作ってみたものの、それらの調味料を使いきることなく賞味期限が切れて、処分するしかなかった。世の中ではやっているからと、あれやこれやと各国の料理を作り、それに従って増え続ける調味料を保存するのにもうんざりしてきた。そしてあるときから、

「自分が食べて育ってきたものを作る」

と決め、最低限必要なもの以外はすべて処分し、以降、購入していない。

必ず台所に常備しているものは、米、麦、あわ、ひえ。米は五分搗き米に雑穀をまぜて炊いている。調味料は醬油、塩、味噌、胡椒、オリーブオイル、トマトケチャップ、ソース、カレー粉、豆乳マヨネーズ、酢、そして、化学調味料・保存料無添加のだしパック、無添加の鶏ガラスープの素など。みりん、砂糖は使わない。乾物は切り干し大根、昆布、いりこ、わかめ、ひじき、ゆば、しいたけ。ごまも常備している。野菜は玉ねぎ、人参、小松菜、ブロッコリー、きのこ類、キャベツ、トマトといったところだろうか。卵もいつも冷蔵庫に入っている。

魚、肉類で常備しているのは、鶏肉と、うちのネコも好きな生鮭の切り身。たまに豚のもも肉も食べる。トマトケチャップやソースはほとんど使わないとわかったので、これからは買わない。旬のものを使い塩分に気をつけて、蒸し物、ゆで物、煮物、和え物を作っている。食べられる量も若い頃に比べて減ってきているし、簡単に調理できて、洗い物も所有する調味料類も少なくを理想として、昭和のちゃぶ台型日本人でいこうと考えている。

17

三食自炊を支えてくれる台所用品

物を処分するにあたり、台所用品も整理しなくてはならなくなった。自炊をしているため、これまで様々なキッチン用品を買ってきた。しかしキッチン用品に限っては、それまで使っていたものを処分してから次の品物を購入していたので、鍋が何十個もごろごろしている状態にはなっていなかった。それでもキッチン内の引き出しを全部開けてみると、その量はひとり暮らしには明らかに多かった。

不要な物を処分した結果、台所にあるのは、十年以上使い続けている直径二十一センチの『シリット』のシラルガンのフライパンとそれに合わせたガラス製の蓋。直径十七センチで深さがそれぞれ約五センチ、八センチのステンレス製蓋付き片手鍋で、メーカーは『ビタクラフト』。こちらはひとり暮らしをはじめてから、三十年以上ずっと使い続けている。六センチのほうは、冷凍した御飯を温めるのと、お茶をいれるためのお湯を沸かしている。八センチのほうは、味噌汁、スープなどを作るときに使う。どちらも水を入れ、クッキングシートを敷けば、少量の簡単な蒸し物もできる。『LODGE』のアウトドア用のスキレットは、油ならしの必要がなく、買ってすぐ使えるので選んだ。

五インチのスキレットにブロッコリー、トマト、キャベツなどの野菜を詰め、上に卵を割り入れたり、とけるチーズをのせて蓋をして火にかけておくと、放っておいても一品できるので愛用している。大きさもいろいろとあるので、それぞれの家で使い勝手がいいものを選べばよいと思う。

私は手が小さいので、主に使っている包丁は『正広(まさひろ)』の「MSC」のペティーナイフ。同ブランドの三徳、近所の刃物専門店で購入した、菜切り包丁もある。その他『T-fal』のハンドブレンダー、『奥田漆器』の調理箸、『柳宗理(やなぎそうり)』のレードル、『ラバーゼ』のまな板、『OXO』のトング、『無印良品』のザルとメジャーカップ、『トヨクニ』の鍛造刃のキッチンばさみ、費用対効果がとてもいい『バウンティ』のペーパータオル、ノーブランドのしゃもじ、液体調味料が量れる大きめのシリコンスプーン、アク取りを残した。水切りカゴ、三角コーナーなどはもともと使っていなかった。

しかしこうやって羅列してみると、まだまだ多い。片手鍋は二個あるうちの一個で済むのではないか、調理箸があるのにトングは必要か、ブレンダーの使用頻度はそれほど高くないなど、これからさらに減らす可能性が大なのだった。

18 ふだん使いの食器あれこれ

歳を重ねてくると、重いのが辛くなるという現実が食器にもあって、手にとって重いと感じるものは、気に入っていても、自然と使わなくなってしまった。『イッタラ』の「ティーマ」や『アラビア』の「パラティッシ」の二十六センチのプレートがそうで、さんざん迷ったあげく、バザーに出して手放した。

基本的には、禅寺などで使われている、入れ子になる応量器だけにしたいのだけれど、まだそこまで踏ん切りがつかない。毎日使っている御飯茶碗は、『白青』というブランドの砥部焼で、「くらわんか碗」というシリーズだ。オリジナルの、ひばり、まだい、うめ、どんぐりの四つの絵柄が選べ、私はうめが好きなので、うめ柄を選んだ。煮物をいれる中鉢も、うめ柄にした。汁物のお椀は応量器のうちのひとつを使い、御飯茶碗の青と白、汁椀の赤のコントラストがいいので、それが応量器の赤のみになるのは、ちょっとつまらないと思っている。

皿は和食器と洋食器の二タイプを持っているが、どちらか一種類にしたい。いちばん多く使っているのは、『白山陶器』の直径十六センチと二十センチの、「ブルーム」というシリーズで、何を入れても収まりがいいので重宝している。それと柄のない焼き締め、アラビアの「ピーロパイッカ」のプレート、夏用に『コスタ ボダ』の「ウラ」というシリーズのガラス皿、骨董店で購入した豆皿など、すべて一枚ずつである。菓子皿は一九九二年に知人の結婚式の引き出物としていただいた、三谷龍二（みたにりゅうじ）氏の工房の木の器を使っている。

スープやサラダなどは、ティーマか、パラティッシのボウルに入れる。ガラス製のイッタラの「カステヘルミ」のボウルは、薬味入れに使ったり、脚のあるスタンドボウルのほうは、ヨーグルトやアイスクリームを食べるときに使っているが、出番は少ない。でも形が愛らしいので好きなのだ。ふだんお茶を飲むのに使っているのは、ムーミン柄のマグ。日本茶をいれるのは万古焼（ばんこやき）の急須で、『東屋（あずまや）』の湯呑（ゆの）みと銅に錫（すず）めっきの茶托（ちゃたく）で来客にお出しする。カトラリーは『カイ・ボイスン』で、箸はいただきものだったり、薬剤、漂白剤等を使っていない木製のものを使っている。

あらためて列記するとやはり数が多い。茶器類はのぞき、ふだんの食事は応量器一組と、皿一枚でまかなえそうなのに、決断できない。毎朝、うめの柄のお茶碗を手にとるのが、とてもうれしいのである。そのうれしい気持ちは、まだとっておいてもいいのかなと、自分を甘やかしている。

19 食材はこまめに買いに

食材を買う頻度は、だいたい二、三日に一度の割合になっている。季節に応じて購入する食材には違いがあるけれども、一年を通じて常備してあるのは、前にも書いたが、玉ねぎ、人参、キャベツ、小松菜、ブロッコリー、トマト、きのこ類、鶏肉、鮭などだ。大根は切り干しを常備してあるので、ふだんは買わない。そこに季節の旬の野菜が加わり、寒い時季になると、じゃがいも、れんこんなどが増えるといった具合である。調味料などの瓶ものは、製造元から通販で購入しているので、近所で買うことはない。

若い頃は買い物は一週間に一度でも大丈夫だったが、こまめに買いに行くようになったのは、重い荷物が持てなくなったからだ。カートを引いている人もいるけれど、私はあれが嫌いなのである。手に持つのではなく、肩からかけたほうがまだましかと、ショルダータイプの大きなエコバッグを使ったら、まあ何とか運べたけれど、翌日、腰が痛くなって困った。私はふだん、体のどこかが痛くなるということがないので、どこかが痛くなるとびっくりするのである。重心が片方にかかりすぎて、変な格好で歩いていたのが原因なのだろう。それからは負担にならない量を買い、こまめに買い物に行くようにしたら、腰は痛くならなくなった。

　単身者向きに人参なども一本から売っているが、野菜好きですぐに消費してしまうので一袋を買う。かといって玉ねぎ一袋、キャベツ一玉もなかなか重量があるので、全部一緒には買えない。いちばん困るのが、一度に在庫がなくなってしまう場合だ。そういうときは緊急用でキャベツ半玉、あるいは四分の一玉にしておいて、それがなくなったらまた買いに行く。

　肉類は冷凍できるが、野菜、特に葉物の冷凍は難しい。青菜は袋ごと冷凍室に入れればいいと聞いたので、試しに小松菜をやってみたが、最初はいいのだが、最後は粉々になってしまい、とても始末が悪かった。家族がいるわけでもないし、自分一人なので、野菜はこまめに買ってすぐに使いたい。

　しかし仕事が詰まっていたり、ひんぱんに買い出しに行けないときは、まとめ買いせざるをえない。そして帰ってきてから、上腕部がわなわなと震えたり、両手にくっきりとエコバッグの持ち手の跡がついたのを見ては、歳は取りたくないもんだと、ため息をつくのである。

20 保存食は作らない

ひとり暮らしをはじめてから、三度の食事は自分で作ってきたが、保存食を率先して作ったという記憶はない。カレー、ポトフ、煮物など、一人分を作るのが難しいものは量が多くなり、意図はしないながらも、保存食になってしまったことはあった。

家族がいると保存食はとても便利だろう。まとめて作っても消費できるし、アレンジすれば食卓にも変化がつく。しかし単身だと、一度、保存食を作るとずーっとそればっかりを食べなくてはならない。いくら冷蔵庫に入れてあったとしても、長期保存は避けたいので、最低限の分量で作るわけだが、物によってはそれでも量が多くて、二日くらいかけて食べるはめになったりと、私のペースにはうまく合わなかった。それならば手間がかかるかもしれないが、前出の煮物系以外はそのたびに作ろうと決めた。買ってきた野菜を前もってカットしておくことはしているが、それを調理して保存食にはしていない。

このような状態なので、たとえば外出して帰ってきて疲れ気味のときに、食事を一から作らなくてはならなくなる場合もある。今までは自分を叱咤（しった）して、食事を作っていたが、最近はそういった根性がなくなったので、缶詰を常備するようになった。

　これは結婚している料理好きの友だちから教えてもらった。彼女は子供はおらず夫婦二人の生活で、今までは料理を作り続けてきたけれど、さすがに疲れを感じたときは、食材を切るところから作りたくないと思うようになったという。外食だとボリュームがありすぎるし、そんなときに缶詰を何種類か買っておくと、多少、手を加えるだけで簡単におかずができていいというのだ。

　食事を作りたくないときは、だいたい疲れているし、味のいいものを食べたい。あれこれ試して気に入っているのは「明治屋」の「おいしい缶詰」シリーズである。私がこれまで缶詰を買わなかった理由は、口にしたときの缶臭さが気になっていたからなのだけれど、このシリーズにはそれがない。種類はいろいろとあるが、まとめて常備しているのは「燻製（くんせい）とろ鮭ハラス」で、あとは添加物が極力少ないものを選んでいる。ただ量は少ない。そこがひとり暮らしで還暦を過ぎた私にはぴったりなのだが、家族がいたり若い人には割高になると思う。味がよくアレンジも可能で、そのうえ食べきれる缶詰のおかげで、私の食生活も楽になってきたのである。

21 できるだけ家で飲む&食べる

外出中に喉がかわいたり、お腹がすいたりしたことは、幸か不幸かほとんどない。二十年以上前、移動中に食事の時間がなくなり、パン店で手作りのつぶあんぱん一個を買い、人通りの少ない道を選んで、こっそり食べながら歩いたことは一度だけあったが。

私は一人で外食するのは平気だが、寄り道はしないので、外出のついでに新しくできたカフェやショップに行ってみようとか、新しい店を開拓することには興味がない。それどころか、私が気に入ったものは必ずなくなるというジンクスの通り、私が安心して行ける店が次々に閉店してしまったのは、残念でならない。

だから家を出るときに、飲食店等に立ち寄るのを楽しみに、家での飲食を控えたりもしない。逆に空腹感を覚えないように、しっかり食べてから、家を出るようにしている。

ただし自分のスケジュールで、用事を済ませた後、事前に決めておいた店で外食をするときは、食事の量を控えておく。以前に何度か行っていて、この店だったら味はいいし、量的にもそれほど多くなくて大丈夫そうといったチェックはいちおうしているけれども、外出先とその店が近ければいいが、飲食するためにわざわざその店に立ち寄るより、家に戻って食べたほうがいいのだ。

漢方薬局に通う前は、夏の外出時に喉がかわいたりしたので、ミネラルウォーターの三百ミリリットル程度のボトルを持ち歩いていた。しかし体内に滞っていた余分な水分を抜いた後は、以前ほど水を欲しなくなったため、夏も水を持って外出することはないし、出先でも買わない。ただし、暑気あたりに効くとされる「五苓散（ごれいさん）」は熱中症予防で必ず服用するようにしている。ジュースはいただいたときだけ飲み、ふだん家で飲んでいる紅茶、コーヒーはカフェインレスだが、たまにカフェインありの紅茶、緑茶、抹茶も飲む。水はポット型浄水器を通したものを飲んでいて、ミネラルウォーターは、防災用に買い置きしているもののみで、賞味期限が近づいたらそれを飲んでいる。

若い頃は動くとすぐお腹がすいたけれども、今はそういうこともなくなった。しかしいろいろな体質の人がいるし、手軽につまめる、添加物が少ないドライフルーツが入ったシリアルバーなどもある。すぐお腹がすくようなタイプの人は、空腹を感じると悲しくなってくるだろうから、お助け食料をチェックして、バッグに入れておいたほうが安心かもしれない。

22 毎日の水分摂取量について

体に余分な水分が溜まり、体調を崩したので、口にする水分量について気にするようになった。水の量については、いろいろといわれているけれど、個人の体質にもよるので、みんなが一般的に勧められている量を飲めばいいというわけではない。

夏場は汗をかくので、私の場合は三百五十ミリリットルが入るカップに、ぬるめのカフェインレス紅茶を午前中に一杯、午後も同じものを一杯飲んでいる。ただ朝に果物を食べるので、その分の水分も加わるし、食事は三食摂っている。寝る前にはコップに三分の一ほどの水を飲む。食事も結果的には水分になるし、食事には味噌汁やスープも含まれているので、全体の水分摂取が紅茶や水だけというわけではない。

冬は午前中に温かいカフェインレス紅茶を二百ミリリットルが入る大きさのカップに一杯。午後も同じものを一杯のみで、家にいるときは水分としてはそれで終わりである。冬はほとんど果物は食べない。会食などがあった場合は、普通に水を飲んだり、デザートの後の紅茶なども飲むので、ふだんよりは水分量が多めになる。

もともとコーヒーは好きだったのだが、あまりに飲みすぎたせいか、あるときから体が受けつけなくなり、それから紅茶を飲むようになった。何十年もコーヒーから遠ざかっていたが、友だちが、「浅煎りではなく深煎りのコーヒーだったら、胃に負担がかからないと、かかりつけのお医者さんがいっていた」と教えてくれた。

そこで「ｉｎｎｏｃｅｎｔ　ｃｏｆｆｅｅ」の深煎り豆を使った、カセットタイプのコーヒーを購入して、一週間に二、三度、仕事をしていて飽きてくる午後三時前後に、一杯だけ飲んでいる。分量としては百二十ミリリットルくらいだろうか。頭もすっきりするし、体調的にも問題なく夜も眠れるので、この習慣が加わった。全体的に摂取している水分量は少なめだと思う。

なかにはどうせ水は排出されるのだから、どんどん飲もうという方針の人もいるようだけれど、排出されにくい人はそれが体のむくみとなり、冷えの原因になる。むくんだら利尿剤を服用すればいいという問題ではない。私も体調が悪くなる前は、水をごくごく飲んでいたが、今ではそういう飲み方ができなくなった。少しずつ何回にも分けて飲むようになったが、そのほうが体にいいらしい。舌に歯の跡がついていたり、舌の縁が波打ったりしている場合は、水分の摂りすぎらしいので、それを目安にするのもいいかもしれない。

23 ごほうびフードのルール

自分に許しているごほうびフードとなると、やはり甘い物になるだろうか。かつては糖分は脳に必要と、今から思えば脳をそれほど使ってもいないのに、せっせと甘い物を食べていた。明らかに自分の脳の働きより糖分摂取のほうが上回り、その結果、糖分過剰で体内に水が溜まって体が冷え、体調が悪くなったので、それ以来、甘い物を食べる分量には気をつけている。

現在は以前ほど甘い物も欲しくなくなり、一週間くらいだったら、甘い物を食べなくても平気になってきた。御飯を食べたうえに、毎日、脳のためと甘い物を食べていた以前の自分が恐ろしくなる。

しかし通常の連載の他に、書き下ろしや季刊誌の締切が重なって、いつもより多くの枚数を書く必要が出てくると、やはり甘い物が食べたくなってくる。そんなときは良質の素材できちんと作られたものを、少しだけ食べるようにしているが、たまに暴走して食べる量が増えてしまい、後悔している。

食べるのはほとんど和菓子だったのだが、先日、たまたま書店で食品の糖質量が載っている本を見つけて買ってみたら、糖質量だけでいうと、和菓子のほうが洋菓子よりも多くてびっくりしてしまった。糖質制限ダイエットをしていたり、糖質制限が必要な人たち向きの本なので、脂質などの他の栄養素については参考程度にしか載っていないが、市販されているカップ入りぜんざい一個が、チーズケーキ三個分より糖質が多いなど、想像もしていなかった。

　ただ私は生クリームが苦手で、洋菓子を日常のおやつとして選ぶのには、二の足を踏んでしまう。糖質量が低いのはゼリーやプリンなので、これからは、体を冷やさないためにプリンを冷蔵庫から出して、常温に近い状態にしたものを食べたほうがいいのかしらと、迷いはじめている。

　かつての私の生活では、甘い物は三度の食事と同じく、日常生活に組み込まれていたが、今はごほうび扱いなので、連日、食べるものではなくなった。毎日、ごほうびを食べられるほど、歯をくいしばって仕事をしているわけでもないし、通常は十日に一度のおやつ。それと友だちとの会食がひと月に一度で、そのときにデザートを食べる計四回、甘い物を食べるくらいが、自分にはちょうどいいと思うようになった。甘い物とは完全に手は切れないけれど、ほどほどに楽しみたいと考えている。

24 行事食とのちょうどいい付き合い方

行事食は気になっているけれど、なかなかすべてを自分で作れない。しかし雰囲気だけは楽しもうと、正月七日には七草粥（ななくさがゆ）を作り、節分には豆を食べ（といっても年齢分を一気に食べると、腹をこわすのは確実なので、十の位の数のみ）、桃の節句にははまぐりのお吸い物。酉（とり）の市のときには、うちの近所の神社の境内で切り山椒を販売するので、それを買う。あとは年越しに、かきあげ蕎麦（そば）を食べるくらいだろうか。

一度、おせち料理を作ろうと、材料を購入して挑戦したが、あまりの大変さに途中で心が折れて、結局できたのは、伊達巻（だてまき）になるはずの卵も、酢蓮（すばす）になるはずのれんこんも、八幡巻（やわたまき）になるはずのごぼうも牛肉もいっしょくたになった、煮卵と肉と根菜のごった煮という、悲惨な状況になった。それでもいちおう、東京風の雑煮だけは作った。

その後、おせちに関しては、食べたい種類だけ市販のものを購入していたけれど、日持ちを優先させるためか、どれも味付けが濃く、食べてもうれしいとか、新年を寿（ことほ）げるような雰囲気にもならないので、やめてしまった。三が日の朝食用の雑煮だけは作り続けているけれど、昼食、夕食はいつもと同じものである。ふだんは買わないけれど、年末に鴨肉を買いたくなるので、それを使って蕎麦、うどんを食べることもあるが、やはり御飯がいちばん好きなので、御飯中心になってしまうのだ。

ひとり暮らしであっても、きちんと行事食を作るのには憧れるけれど、実際は大変だ。ちらし鮨だって一人分を作るのは至難の業だし、四人分を作ったとして、量的に消費するのは難しい。料理に自信のある人だったら、多めに作って友だちに配るということもできるだろうが、私のようにまったく自信がない立場からすると、こんなものを差し上げて、とりかえしのつかないことになったらどうしようと、不安でならない。どうしても食べたくなったら、一人分を購入している。

ひとり暮らしをはじめて四十年近く経ち、還暦も過ぎると、できそうもない事柄には、無理して手を出さないほうがよいと悟った。でも棚の上の小さな飾り物でも、ふだんとは違う、その行事にふさわしいものに替えると、それなりにけじめがついて、心が浮き立つのは事実だ。私は口福ではなく眼福でいいと、自分の能力の限界を認めて、割り切ることにしたのである。

25 多忙なとき、体調が思わしくないときの食事法

食事を作るのが面倒になったとき、を考えてみるが、もともと料理が苦手な私としては、一日三食を作ることは、正直面倒である。なるべく手をかけないで済む、料理ともいえない簡単なものしか作らない。仕事で忙しいとき、体調が思わしくないとき、についても、まず食事を作るのがおっくうになるほどの仕事は、引き受けないのだ。

会社に勤めている人だと、金銭的な保証はあるけれど、仕事量を自分では調整できない部分もある。私は収入は不安定だけれども、仕事量の調整ができる立場にある。だから自分の体に負担をかけなくてもできる範囲の仕事しか引き受けない。体力のある若いときは、多少、無理をしてでも、がんばって仕事をするのもいい経験だ。しかし中年以降は、生活が成り立つのであれば、多少の収入増よりも時間の余裕があるほうを選んだのだ。

体調は自分の意志だけではどうにもならない場合もあるが、無理をせずに早めに体を休めて、食事を作れないほど疲れないように、気をつけたほうがよい。作れないときにどうするかという問題ではなく、そうならないように、自分の生活をコントロールして

いくほうが、ずっと大切なのだ。二〇〇八年に、私は日常生活はできるけれども、不快な症状が続いたことがあった。原因は甘い物の食べ過ぎなどで体が冷え、体に余分な水分が溜まったせいだった。それ以来、水分、甘い物の適量を考え、気圧、温度、天候の変化をチェックしている。その日の気温が高くても、翌日、気温が大幅に下がる予報だと、冷たい物は口にしないなど、気をつけるようになった。

会社に勤めながら書く仕事をしていた二十代後半、どういう食生活だったかと思い出してみたら、さすがに夜は食事を作る時間がなかったので、メインのおかずを買っていた。それでも御飯は必ず炊いていたし、緑黄色野菜が不足気味になるので、にら、小松菜、ほうれんそうなどのおひたしは、必ず作っていた。

今は何から何まで売っているから、買ってくれれば食事は成り立つけれど、御飯、味噌汁、おひたしのどれかひとつでも、自分の手で作っていれば、体の不調も少しずつよくなるのではないだろうか。そしてどうしても食事を作る気力も体力もないときは、無理して作ろうとしないで、菓子類や機能性食品ではなく、おむすびと即席味噌汁、温かいうどんなどを買ってきて、体を温めてさっさと寝るのがいちばんいいと思う。

住

26 苦手だからこその掃除ルール

　私は掃除が苦手である。苦手というより嫌いといったほうがいいかもしれない。しかし清潔で健康的な生活を営むには、掃除は不可欠で、やらなくてはならない作業だ。なかには曜日ごとに掃除をする場所を決め、週ごと、月ごとに重点的に掃除をする場所を決めている人もいるようだ。本当に立派と尊敬するしかないのだが、私の場合はいくつかの場所を除き、自分がいやだと感じたらやるという方式にしている。

　毎日使った後に必ず掃除をするのは、トイレ、洗面台、風呂場、台所の水回りである。掃除といっても大げさなものではなく、どの場所もさっと洗って、台所のシンクの中には何もないようにする。怠け者の私としては、これが精一杯で、

「私、がんばってる」

と自画自賛していたのだが、台所のシンクの中に何もない状態にしておくだけではなく、水分を拭き取っておかなくてはだめなのだと知って、一気に気分が萎えた。ほんの一手間といったらそうなのだが、その一手間が私にとっては大事(おおごと)なのである。なので気が向いたら水分を拭き取るし、皿をすべて洗い終わり、ゴミをすべて捨てた時点で力尽

きていたら、そのままにしている。気分次第なのである。

フローリングのリビングルームは、毎朝起きたときに、フローリング用ワイパーで軽く掃除をし、ほとんど掃除機はかけない。うちの老ネコが掃除機が大嫌いなため、音でショックを受けてぽっくり逝かれても困るので、週三日、リビングルームと畳敷きの和室をほうきで掃除をする。掃除機は音ばかり大きくて、こまかい部分の埃が取れないこともあり、ほうきを愛用している。

本置き場とベッドルームは、もともとカーペットが敷いてあったため、ドアを閉めてなるべくネコがいるほうに音が漏れないようにして掃除機を使う。ネコの毛がどうしてもからまるので、ゴム手袋をはめてカーペットをこすると、びっくりするくらいこんもりとネコの毛がとれるため、マスクをして面白がりながらやっている。しかし十五分経ったら途中でもやめる。残りはまた次回である。その次回がいつかは自分でもわからないのが問題なのではあるが、すべて気が向いたら、だ。

とにかくきちんと物事ができない性分なので、清潔にするべきポイントは押さえつつ、あとは気分次第というのが、私のやり方になってしまっているのである。

27 ゴミ対策は「放置せずにすぐ処分」が鉄則

現在、第一次不要品処分が終わり、第二次処分をめざしている途中である。連日、ゴミの問題は頭から離れない。仕事上どうしても家に届く紙類が増える傾向にあり、それらを放置していると大変なことになるので、すぐに処分するようにはしている。まずダイレクトメールの類はすぐに捨てる。四十五リットルのゴミ袋の中に、宅配便などで使われた紙袋を入れ、宛名が書いてあるものは、その紙袋に放り込む。以前は、宛名を専用のスタンプや油性ペンで消していたが、それが面倒になったので、外から見えなければいいと、放り込む方式にした。電話番号、銀行口座番号、カード番号がわかるものは、シュレッダー鋏で細かくカットして捨てている。

新聞はとっていないが、雑誌は各出版社のご厚意で、掲載誌以外にも、これまで書かせていただいた雑誌を送って下さるので、一か月でも結構な冊数になる。届いたら目次をざっと見て、読みたい部分のみを破いて、A4の大きさが入る書類箱にどんどん入れていく。破いた後の本体は週末の資源ゴミに出すので、台所の資源ゴミ置き場に積み、ある程度冊数がまとまると、ひもで縛って置いておく。

本は相変わらず、読む速度よりも買う速度のほうがはるかに速いので、仕事机にしている食卓の上、それでも足りずに椅子の上にも積まれていく。その状況に我慢できなくなると、本置き場の本棚の前に立ち、新しい本と入れ替えられるものはないかとじっとにらむ。しかし昔に買って、今まで手元に残っている本は、入れ替えられないので、新しく購入した本は、仕方なく段ボール箱に詰めて本置き場に移動し、待機状態にする。それでも一年に最低三回は、バザーなどに出して処分しているので、大幅に所有数が増えることはない。

私の母などは、使いもしないのに、後生大事に「和光」やハイブランドのオレンジ色や真紅の紙袋を、段ボール箱ふたつ分も取ってあったが、結局、全部捨てるはめになった。押し入れに突っ込んだままだったのだから無駄でしかない。処分するのも労力がいるから、極力、ゴミになる可能性があるものは家に入れず、すぐに処分するのがいちばんだ。といいながら、どうして第一次不要品処分を経ても、物がこんなにあるのか、自分でも首を傾げているのである。

28 重要書類の管理のコツ

私にとっての重要書類って何だろうと、あらためて考えてみると、たくさんはない気がする。基本的に印鑑を捺す書類ではないかと思うが、税金関係、保険証書はあるけれど、不動産の権利証を探してみたら手元になかった。もしかしたら捨てちゃったのかもしれないが、登記簿を見たらわかると思うのでほったらかしにしている。

税金関係の書類は、確定申告後、税理士さんから年度ごとにきちんとファイリングされて戻ってくるので、これはやむをえず一定期間保存している。新しいファイルが届くと、いちばん古いのを捨てている。

印鑑を捺す書類としては、出版契約書がいちばん多く、十五年ほど前までは出版社別にファイルしたりしていたが、契約書を再びチェックすることなど皆無だし、場所ふさぎにもなる。今は文房具店、百均で売られている、Ａ４判のクラフト封筒の長辺の上の部分に、「出版契約書」と見出しをつけて、かたっぱしからばんばん放り込んでいる。一枚の封筒がいっぱいになるまでに何年もかかるので、二枚目の封筒に半分ほど契約書が溜まったら、一枚目の封筒ごと捨てる。それでこれまでに何の問題もない。

分量が多かったり、もともとファイリングしてある書類は、本棚のいちばん上の棚にまとめて置いている。重要書類の範疇（はんちゅう）ではないかもしれないが、連載中の掲載誌から切り取った、原稿が載ったページも、見出しをつけ、同じように個別に封筒に入れて立てておき、連載が終わったら、こちらも封筒ごと捨てる。

何かの本で読んだ記憶があるが、整理のためには書類は積み重ねないという鉄則があるらしく、たしかに私のように、外から紙類、書類が届けられる立場だと、書類の積み重ねがいちばん厄介（やっかい）だ。下にあるものは絶対にないものになる。なので紙類は溜め込まず、外から家の中に入ったとたんに、処理するようにしている。

保険証書は便箋や葉書が入っている引き出しの中に、ずっと突っ込んだままである。満期になったので特に見直す必要はない。といっても数年に一度、生存給付金が振り込まれるので、捨てるとまずいのではないかと、封筒に入れたまま手を触れないようにしている。紙類はなるべく数を少なくしようと思い、何か捨てられるものはないかと見ているが、現在の状態がぎりぎりなのかなあと、今のところ捨てる踏ん切りがつかないのである。

29 使用期限を設定して清潔・快適に

ひとり暮らしの欠点は、生活のすべてが自分の裁量ひとつなので、どうでもいいと思うと、すべてがどうにでもなってしまうことである。同居人がいれば、

「それはまずいのでは」

と注意してもらえるが、自分一人だと自分でチェックするしかない。

たとえば日用品の使用限度も、若い頃は、気付いたときに買い替えるというシステムにしていた。なので気付かなければ、ずっと同じ物を使い続けることになる。あるときふと、これはまずいのではと気がついた。私は細かい部分をチェックするのが苦手、かつ面倒くさがる大雑把な人間なので、使用限度を超えているタオルやキッチンスポンジを使っているのではないか。それは衛生上、よろしくないのではないかと反省したのである。

それからは自分でそれらの品に使用期限をもうけて、期日がきたら新しいものに替えている。たとえばタオルは、半年ごとに総入れ替えし、古いものはカットして、使い捨て布にする。手ぬぐいは使い捨て布にするのはしのびないので、洗って使う雑巾扱いである。

一か月で替えるのは、歯ブラシ、キッチンスポンジ、排水口に設置してあるプラスチ

ックのゴミ受け。二か月で交換するのは浄水器のフィルターである。歯ブラシはそれぞれに磨き具合が違うので、いろいろと試した結果、昼、夜は『GC』の「ルシェロ P-20ピセラM」、朝は『ライオン歯科材』の「デント イーエックス システマ44M」、奥歯と細かい部分用は『サンスター』の「バトラー シングルタフト#01S」、この三本に落ち着いている。キッチンスポンジはスーパーマーケットで目についたものを購入しているので、決めたものは特になく、古くなったと感じたら最後に排水口の中を掃除して捨てている。

排水口のゴミ受けは、もともとはステンレスのものがついているのだが、汚れがへばりついた状態を洗うのが苦痛でたまらず、百均で深さ七センチほどのゴミ受けを買った。これにセットするネットはもちろん毎日替えて、本体は一か月で捨てる。ポット型浄水器のカートリッジは、メーカーの指定通り、二か月で交換。

毎月一日を交換日に決めているのだけれど、いちばん困るのは、最近、一か月、二か月、半年といった交換の日が、あっという間にやってくることである。特に一か月のサイクルと決めたものは、一週間前に替えたのではと、勘違いするほどだ。歳を重ねていくうちに、昨日替えたのではと感じるようになるのかもしれないが、これから先もこのような調子でやっていきたいと思っている。

30 ストックは最小限に

性格的に念のためとストックを持ちすぎるタイプなので、余分なものを持たないように気をつけている。ただ、トイレットペーパーがちょうどなくなったのと東日本大震災が重なり、買い占められて手に入らなかったことがあった。地方に住んでいる友だちのお姉さんが送ってくださって、本当に助けられた。その経験からトイレットペーパーだけは、いつも余分に二袋（二十四ロール）は確保している。

住居用の洗剤は特に持っておらず、重曹、クエン酸、セスキ炭酸ソーダが一袋ずつあるけれどストックは持っていない。洗濯用の洗剤は環境に配慮している「エコベール」と「海へ…」を使っているが、「エコベール」は量があと二回分くらいになったところで、新しいものを購入する。詰め替え用も販売されているのだが、容量が五リットルと多く、ただでさえ物を減らそうとしているのに、どかんと大きなストックを置く気分にはなれないので、こまめに買っている。「海へ…」は一回の使用量が少なく、なかなか減らないけれど、袋入りの詰め替え用をひとつストックとして置いてある。

石けん、歯磨き粉、歯ブラシ等は通販で購入しているので、一個ずつ買うわけにはいかず三個、五個と一度に複数個買う。二個一パックになっているものもあるので、使わない分はストックということになる。新しく購入するのは、最後の一個の封を切ったときである。固形の石けんで顔も体も洗っているため、ボディソープは使っていない。

ラップやアルミホイル、クッキングシートなどは、以前は、使っているときにいちいち残量をチェックせず、勢いよく引き出したら残りが十五センチくらいしかなくて、

「えっ、これだけ？」

と長さが足りずに、あわてることが多かった。

アルミホイルを使うような料理はほとんど作らないし、これに関しては購入するとなかなか減らない。アルミホイルよりもラップやクッキングシートのほうを多く使うので、こちらのほうは残量をこまめにチェックするようになった。

それでもラップ類は、近所のスーパーマーケットでもコンビニでも売っているので、ストックは持っていない。とにかく所有品は極力減らす方向に持っていっているので、店に走っていって購入できるもののストックはないのである。

31 季節に応じて寝具を見直す

女性の更年期はもちろんのこと、若い女性や男性でも、睡眠障害がある人が多いと聞く。私の周囲でも、とにかく眠れないとか、眠れるまでにとても時間がかかるという人が多かった。幸い、私はベッドに入ってすぐに眠れる質(たち)なので、眠れない辛さはなかったものの、こんな私でもここ数年の夏は本当に寝苦しかった。

それまでは何も考えず、一年中、綿のカバー、シーツを使っていたが、汗をかくとそれらが体にまとわりついてくるのが不快だった。そこで初夏から枕や掛布団のカバー、シーツをすべて麻にしてみたら、これが快適でやめられなくなってしまった。あまりに快適なので、通年、麻だけで過ごすことにした。

ところが冬になって、目覚めるとどうも体調がいまひとつになった。ちゃんと寝ているのに、そういう状態になると、

「どうして?」

と首を傾げたくなるし、一日中、気分もよくない。いったいどうしてかなあといろいろと考えた結果、もしかしたら寝ているときに体が冷えているのではと思い当たった。

もちろん夏よりも掛布団の枚数は増やしているが、カバーは麻のままだった。さらりとしてはいるが、温かいという感じはない。寝ているときは体温が下がると聞いたし、温めたほうがいいかもしれないと、まず麻のシーツの上に、使わなくなった毛布を敷いてみた。

これが大正解だった。布団の中に入ったとたんに温かく、あっという間に寝付く。そして寝覚めがとてもいいのである。冬は麻のカバーをやめて、すべてをオーガニックコットンのカバーに替えた。シーツの上には敷毛布、掛布団の上にも毛布をのせると、上から下から温かくて、とても幸せな気持ちになった。

所有物を減らそうと、寝具のカバー類は一年中麻で通そうとしたけれど、それは無理だった。羽毛布団もぶ厚いものではなく、薄手のものを何枚か持って、気温に応じて枚数を増減するようにしている。年齢を重ねたら無理をせずに、季節の気温に応じた寝具を使わないと、睡眠に多大な影響を与える。私は寝るときに一年中腹巻きをしているが、靴下は履いたことがない。気持ちよく感じるポイントは、人それぞれ違うけれど、睡眠がいまひとつという人は、ベッドや布団に入ったときに、「ああ、幸せ」と感じられるように、寝具の素材を替えてみるのもいいかもしれない。

32 悩ましい防災グッズ

ひとり暮らしをはじめてから、防災については、無関心に近かった。ちゃんとやらなくちゃなあと思ってはいたのだが、ずるずると何の準備もしないまま、年月が経ってしまった。十年以上前、いつ何時(なんどき)何が起こるかわからないのだからと、たまたま手元にあったリュックサックに、タオルやら肌着やら、自分が必要だと思うものを詰めてみた。これを背負って逃げればいいのだと思い、試しに背負ってみたら、あまりの重さに立ち上がれなかった。

防災に関して、きちんと準備をしなくてはと考え直したのは、東日本大震災のときである。私が住んでいる建物にも、周囲の人たちにも被害はなかったが、震源地に近いところの惨状を見たら、明日は我が身としか思えなかった。そこで避難用セットを準備しなくてはと思い立ったものの、余震に揺られながら、バッグに非常用ラジオなどを詰めているという有様だった。必要な品々を詰めたら重くて立ち上がれなかった現実を思い出し、いったいどうしたらよいのかと頭を悩ませ続けている。当時よりは明らかに体力もなくなっているので、もっと軽くしないとだめだろう。

カタログなどで、単身者用の避難袋のセットを売ってはいるが、何から何まで揃って、相当な金額になっている。非常用ラジオなど、手持ちの品物との重複も多々あったので、購入はやめた。いろいろと情報を集めると、一般的な避難袋ではなく、個人のニーズに合ったものでよいという意見が多かった。私はほとんど家にいるので、七年の長期保存可の水を買い置きしている。それと、前述したように、東日本大震災のときに、トイレットペーパーがなくなって本当に困ったので、それも二十四個ストックしている。トイレの凝固剤も買ってある。食事は米、味噌、缶詰などはあるが、保存食は用意していない。ネコのドライフード、ウェットフードは多めに買い置きしてある。

家にいるときは最低限大丈夫だが、避難が必要になったときには対応していない。先日、寝袋を買ったくらいである。一人用簡易テントがあると、便利なのかもと考えたが、そんな大荷物を持って、還暦過ぎのおばちゃんがスムーズに移動できるわけがない。早く準備しておいたほうがいいのはよくわかっているが、必要なものとその総重量の狭間で、悩んでしまうのだ。

33 我が家に置いていないもの

ほとんどの家にあって、うちにないものは電子レンジだと思う。私が高校生のときに一般に普及しはじめたのだが、まだまだ高価だった。私の友だちの家がお医者さんで、彼女の家が電子レンジを買ったと聞いて、物珍しくて学校の帰りに見に行った。牛乳やお酒があっという間に温まって、器を手で持っても熱くないというのにびっくりし、

「なんでそうなるのか」

と理系の事柄はまったく理解できない私は、不思議でならなかった。

それから電子レンジの価格も下がってきたが、調理師の母が、

「そんなものはいらない」

と買おうとしなかったので、私が実家にいたときもなかった。二十年前、そんなに便利なものかと、購入してみたが、たしかに冷凍した御飯も温められておいしかったのだけど、自分のなかでどうしてもその原理が納得できず、一度だけ使って、知り合いにあげてしまった。それからずっと電子レンジはない。なくても問題はないし、場所もとるのでこれからも買わないだろう。

ロボット掃除機を使っている人も多い。日中、不在にしている人には便利だ。性能も進化しているようで、段差やフローリング、カーペットも関係なく、きれいに掃除をするという。私の場合は、掃除よりも物を整理整頓してくれるロボットが欲しいので、今のところ掃除だけの機能のものは購入する気はない。それと老ネコがいて、彼女がロボット掃除機にどういう態度をとるかがわからないので、それも購入を控えている理由である。

何かを購入した場合、それに伴ってメンテナンスが必要なのが面倒くさい。ロボット掃除機は自分で考えて室内の掃除をし、充電までするそうである。とても素晴らしい。もう一段階進化して、自分で吸い取ったゴミをゴミ箱に捨て、内部も自分できれいにするようにはなってくれないだろうか。

一般的な掃除機は、引きずりだして部屋ごとにコンセントにつなぎ、フローリングとカーペットでブラシを替え、ゴミが溜まったら捨てなくてはならない。それに比べてほうきとちりとりの何と簡単なことか。ささっと集めてぱっと捨てるだけ。重いものを引きずらなくても済むし、メンテナンスもほとんど必要ない。こんな状態なので、私が望んだ機能が搭載されない限り、ロボット掃除機も買わないと思うのである。

34 気づいたら長く手元にあるもの

私は物持ちがいいほうなので、長く使っているものはたくさんある。たとえば封書の重さを量る、ドイツ製のスケールは、四十年近く使っているが、どこにも不具合が起きておらず、いまだに切手箱の中に入っている。

他に長い間、手元にあるのは、十二歳の誕生日に、両親からプレゼントされた、イギリス製のタータンチェックのマフラーで、五十年に亘って持っている。高校生のときに吉祥寺でアルバイト代をはたいて買ったペンダントは四十数年、二十歳のときにアメリカに行き、ニューヨークの「ブルーミングデールズ」で購入したシルバーの指輪も、四十年以上手元にある。

指輪などでやや値の張るものは、引き出しとは別に母が学生時代に使っていた、当時はどこにでもあったアルマイトの弁当箱に入れている。多少、蓋はへこんだりしているけれど、こちらは七十年以上経っている。小学校四年生のときに、味噌のCMに出た際、ギャラのかわりにいただいた、黒ラメのノースリーブのオフショルダードレスを着た、クラブ歌手風のバービー人形は、五十年以上経っているし、祖母が結婚する際に誂えた、円山応挙（まるやまおうきょ）写しの虎柄の丸帯は、今は仕立て直して袋帯にしているけれど、九十年以上前のものだ。これがいちばん古いかもしれないが、日常的に使っているものではない。

どうしてそれらが私の手元に残っていたかというと、引っ越して以来、整理整頓もせずに、同じ場所にずっと置いていたからだ。どの品物もあまりにふつうにいつもの場所にあるので、とりたてて古い物という感覚がなくなっていた。不要品処分中とはいえ、もちろん思い出があるものなので、使用不可能になれば別だが、これからも処分する気はない。この原稿を書くにあたって何かあるかしらと、あれこれ思い出し、品物を所有した年数を数えて、「ああ、そんなに古かったのか」と感慨にふけったわけである。

「これは素敵」と購入してから四十年、「ありがとう」ともらってから五十年。弁当箱と帯は所有権を引き継いだだけであるが、ふと気がついたら、それらが作られてから七十年、九十年経っている。物が何十年も手元に残っているということは、所有しているこちらも長持ちしているわけである。歳を重ねるのは十分理解していながら、月日の経つのはなんと早いことかと、感慨にふけったのと同時に、あせったのもまた事実なのである。

35 シンプルライフ、私の教科書

これまでシンプルライフ系の本をどれだけ読んだかわからない。それらの本を買ったために、また本が増えるという状態に何度も陥り、これでは本末転倒だと、頭を抱えたことが何度もあった。意を決して今読む本以外を、どっとバザーに出したり、図書館に寄贈したりして、一度は減らしたものの、またじわりじわりと増えはじめている。

断捨離の前に節約術が話題になったときがあったが、当時から私が愛読しているのは、『ケチじょうず　美的倹約暮らし』(小笠原洋子・ビジネス社)という本だ。フリーキュレーター、美術エッセイストとして著作もある彼女の生活を書いた本だった。ひとり暮らしで引っ越し好きの彼女が選ぶのは、どれもシンプルな部屋だった。本が多くて好きな本と別れるのがとても辛く、十年間かけて本を処分したそうだ。ファッション、料理についても書いてあり、二〇〇三年に発行された本だが、私はずっと手元に置いて、なかなか物が減らない自分の生活を反省している。

ドミニック・ローホーの本もすべて読んだ。雑誌で彼女のパリの部屋の写真を見たとき、本当に狭いのには驚かされた。元々はお手伝いさん用の屋根裏部屋だったとのことだが、カメラで室内を撮影すると、実際よりもやや広い感じになるのに、その写真でもコンパクトな造りとわかった。広さは十二平方メートルで日本風にいうと七畳ちょっとしかない。本も数冊しかなく、棚があっても基本的に物が少ないのだ。また彼女の京都の部屋も雑誌で見たが、1Kで十八平方メートルのマンションの一室をリフォームして、使い勝手をよくしているものの、コンパクトなワンルームである。彼女は世界中を旅行しているようで、これらの家にずっと居住しているわけではないにせよ、

「物がないということは、こういうことか」

と深く納得させられた。

お二人に共通しているのは、方丈（約三メートル四方）の住まいの意識である。私も『方丈記』は何度も読んだし、再現された方丈庵（ほうじょうあん）の画像を見ては、

「これで十分なんだよね」

と納得していた。しかし現実は方丈どころではなく、部屋全部に物が置いてあり、本の山もそこここにあって、たまにけつまずいたりする。毎日、少しずつ物は減らしているつもりだが、誰かが密（ひそ）かに減らした分を戻しているんじゃないかと思うほど、物は減ってくれない。これからも私はお二人の著作を教科書として、物減らしに励む所存である。

36 ひとり暮らしの住まいの変遷

私は二十四歳のときにひとり暮らしをはじめた。転職六回目にしてやっと落ち着けそうな零細出版社に就職し、ここをやめることはないだろうと実家を出た。勤務地から電車で二十分ほどの場所にあり、最寄り駅から徒歩五分のモルタルアパートの一階だった。広さは六畳と三畳の台所で、ユニットバスつきという話だったが、ユニットバスというよりも、便器の横に体が入る大きさの器があるといった造りだった。

その後、会社に勤めながら他社の雑誌に原稿を書く仕事が入りはじめたので、中央線荻窪(おぎくぼ)駅近くの、大家さんの家の敷地内にある一戸建てに引っ越した。そこは息子さんのために建てた二階家で、一階が風呂場、洗面所、洗濯機置き場、二階が六畳の台所と八畳の居室だった。その居室の壁がガラス戸つきのつくりつけの大きな本棚になっていて、本が多いといった私に、不動産屋さんがイチ押しで推薦してくれたのである。

ところが喜んで住んでいたのに、一か月経った頃、大家さんの孫が結婚して住むことになったといわれた。お詫(わ)びに家賃の半年分を支払うので、二か月以内に出て欲しいという。あまりに急だったので困っていると、会社が出している雑誌の校正をしてくれていた女性が、ちょうど引っ越すので、その後に入らないかと声をかけてくれた。彼女のところには何度もゲラの受け取りなどで通い、風呂無しではあるが目の前が銭湯だし、風通しもいい静かな環境なのを知っていたので、その部屋に引っ越した。

吉祥寺駅から徒歩十二分ほどで、一階には大家さん一家が住んでいて、他の住人は隣室の女性だけだった。広さは六畳と三畳の台所で、風呂無しでも掃除の手間がはぶけてよしと思っていた。しかしアパート自体には問題はなかったのだが、取材の仕事が入るようになり、銭湯が開いている時間に家に帰れない状態が続いた。やはり風呂つきの部屋がいいと、同じ吉祥寺の1DKのマンションに引っ越した。こちらは一階にあったデザイン事務所が、住んでしばらくして若者が夜に集まる店になり、騒音がひどくなったのと、他の住人のほとんどが某新興宗教の信者で、勧誘がひどく、断ったら無視されたりで、問題が多かった。

そして静かな環境を求めて、西荻窪駅と吉祥寺駅の中間地点にあるマンションに引っ越した。ここは緑が多くネコもたくさんいて、とても心和む場所だったが、そこも引っ越すことになった。

37 続・ひとり暮らしの住まいの変遷

緑が多いマンションが気に入って住んでいたが、その頃から収入が上がり、税務調査も入ったため税理士さんに経理をお願いした。すると使っている経費が少なく、住居費も何割かは経費に認められるので、もう少し家賃の高い部屋に引っ越してもいいのではとアドバイスしていただき、西荻窪駅に近い十階建ての百世帯が住むマンションに引っ越した。

そこに住んでいるときに、仕事で思いがけず交際範囲が広がり、自分とは違うジャンルの友だちができた。その友だちが住んでいる低層マンションに何度も遊びに行って、一緒に食事を作ったり、ビデオを見たりしていた。私の部屋は九階で、特別、問題はなかったが、地べたから離れた高い場所に住んでいる状況にどうしても慣れなかったのだ。

住んで一年半以上が経ち、更新か引っ越しかを考えなくてはと思っていた矢先、その友だちから、隣の部屋が空いたから、引っ越してこないかと電話がかかってきた。三階建てのマンションの三階には、友だちの部屋とあと一部屋しかなく、私もそのマンションが気に入っていたので、すぐに引っ越した。それが二十年以上住んでいる、今のマンションである。

もう一人の友だちも近所に住んでいるので、中年女の互助会みたいになった。そして今もそれは続いていて、調味料を貸し借りしたり、到来物があるとお裾分けをしたり、誰かが体調が悪くなるとあれこれ手伝いをしたりと、持ちつ持たれつである。毎日、郵便物をポストから取り出す私が、面倒くさくて取りに行かなかったりすると、ポスト内の溜まった郵便物を見て、友だちが心配して声をかけてくれる。緊急の事態が発生しても大丈夫と、この互助会のおかげで心配なく暮らしている。

ただ私たちの間で話に出ているのは、いつまでもずっとここでそれを続けていくのかということである。ありがたいことに、大家さんはずっといて欲しいといってくださっているけれど、私の場合は、これから歳を取っていくのに、現在の家賃を払い続けられるのかが問題である。まだみんな仕事をしているので、結論は出ていない。

それに加えて、今はまだそれなりに元気なのだが、歳を取っていって年齢が近い三人が一気に体が動かなくなった場合、互助会が成り立たなくなる恐れがある。しかしまあ、そのときはそのときで、共倒れということで諦めようと、苦笑しているのである。

38 ネコ仕様のインテリア

ネコと暮らすようになってから、インテリアの感覚が消滅した。レースカーテンがわりの、自作の薄手ボイルのカーテンも、子ネコのときにジャンプして飛びつかれ、爪を立てたまま、ずずーっと下に降りてきて、のれん状態にされた。それからは、

「手をかけても結果は同じだから、実用一点張りにしよう」

と決めたのである。

幸い、家具で爪をとぐことはしないので、そこは助かっているが、どういうわけかソファでも気に入った場所があり、体をすりつけているそこだけが、他のところよりもちょっと黒くなっている。一度、カバーの張り替えをしたけれど、現在は放置である。ソファに置いてあるクッションは、中身は『無印良品』のもので、以前はコットンの更紗(さらさ)柄(がら)の布で、カバーを手作りしていたが、それが破れてからは、同じ無印良品のインド綿のカバーを使っている。もうひとつのクッションは、使わない『エルメス』のスカーフを処分するのもしのびないので、風呂敷包みをするようにくるんで、カバーにしている。

ネコの影響を受けるカーテンについては、遮熱生地を使ったレースカーテン風のクー

ルカーテンを夏用に購入して、あまりに室内が涼しくなったのに感激して、新しいものに買い替えつつ、同じタイプをずっと使っている。遮像効果もあって、外からも透けて見えにくいタイプである。これまでは秋になると、クールカーテンを洗い、暖かさを維持するという秋冬用のレースカーテンに付け替えていたのだが、二種類持つのが面倒になり、

「部屋を暖めたい冬は、日射しを入れるために、カーテンを開けておけばよいのだ」

と一年中、クールカーテンをつけ、同じく防炎、防音加工のベージュのオーダーカーテンも下げ続けている。

カーペットは入居時からベッドルームに敷き詰められていたが、部屋の四隅をよく見たらネコがここで爪とぎをしていたのが発覚した。そこここで織り糸がびろーんと飛び出している。私が引っ越した後は、きっと張り替えられるので、心配はしていないが、カーペットの現状を見た大家さんは、びっくりするだろうと、少し心が痛むのである。

39 冷暖房もネコ中心

私だけだったら、節電のために寒くても服を着込んでなるべく暖房をつけないようにしたり、暑くてもクーラーをかけるのを我慢したりできるのだが、老ネコがいるために冷暖房をつける暮らしになっている。

特にうちのネコは寒さに弱いので、リビングルームのネコのドーム型ベッドの前には、ガスストーブが置いてあり、ほとんどネコ様専用になっている。ネコベッドの横にはガードがついた三百六十度を暖める円柱形の電気ストーブ。これも三年前までは一台だったのだが、それだと丸一日ずーっとつけ続けている状態になっていたので、翌年になってもう一台購入して、昼、夜と二台交互に使っている。このようにネコ様中心なので、うちのリビングルームは、他に比べてやたらと室温が高くなっているのである。

冬は加湿空気清浄機をフル稼働させている。私は喉が弱く、作動させるのとさせないのとでは大違いなので、必需品になっている。暑い時季はクーラーをつける。除湿機もあって、それは着物が置いてある部屋にある。私は湿気にも弱いので、梅雨時から除湿機を使っているのだが、稼働させても室内全体の除湿にはつながらない。クーラーの除湿はあまり意味がなく、湿気を取るには冷房をかけたほうがよいと聞いたので、外気温とそれほど差がない温度で、冷房をかけるようにした。

他には扇風機を使って、冷気を動かしたりしているが、団扇（うちわ）も便利に使っている。パソコンは両手の作業なので、仕事をしているときは団扇は使えないのだが、暑いと集中がとぎれるので、三十分おきにキーボードから手を離して、団扇でがーっと自分の体をあおぐのを繰り返している。うちのネコも暑いときに団扇であおいでもらうのが大好きで、私が使っているのを見ると、自分にもやってと催促する。場所も取らないし値段も安い。私にとっても老ネコにとっても団扇がいちばん役に立っているかもしれない。

加湿空気清浄機は一年中、リビングルームに置いたまま。円柱形の電気ストーブは上に持ち手、下にキャスターがついているので、暖かくなると、ごろごろと床を転がして和室の押し入れに収納する。ガスストーブも箱に入れて同じく押し入れ行きである。扇風機は夏が終わると和室に移動させる。私ひとりだけならば、こんなに冷暖房用の家電はいらない。しかしすべては老ネコの快適な生活のため、仕方がないと諦めているのである。

40 ネコと私の定番の香り

うちにはネコがいるので、たまに来客があるときには、匂いが気になっていたのだが、来る人全員が、

「ネコを飼っているとは思えないほど、匂わない」

といってくれる。隣室の友だちもオスネコを飼っていたが、遊びに行っても臭いと感じたことはなかった。神経を遣って消臭関係のグッズを使っているわけではないので、ネコの体質のおかげかもしれない。なので特に室内の香りを意識したことはない。下手に香りがあると頭が痛くなってくるので、むしろ慎重になるほうなのだ。

以前、外国製のルームフレグランスで、香りのある液体が入ったガラス瓶の中に、箸みたいな木の棒を七、八本挿して置いておくというものがあった。どこの店からだか忘れたが、プレゼントとして送られてきたのである。こういうものがあるのかと物珍しくて、早速、瓶の蓋を開けて木の棒を挿してみたら、その匂いというのが、金髪美女が佇(たたず)むタワーマンションの九十階の、ガラス張りの部屋に置いてあればぴったりのゴージャスな香りなのだ。マンションの三階で、ぎゃーぎゃーうるさい雑種ネコと暮らして

いる、ちんちくりんの日本人の女には、まったく合わない香りで、もったいなかったけれど即行で捨てた。

香りだったら、まだお香のほうが好きだ。天国に旅立った人々やネコのため、線香をいろいろと試してみたけれど、うちのネコの好みもあって、現在は主に三種類に落ち着いている。気に入らない香りだと、わあわあ鳴いて、いやがるのだ。

ただ夏場は香りがあると暑苦しく感じるときがあるので、『梅薫堂』の「備長炭麗森のかおり」という、消臭効果があり、煙も少ないものを使っている。夏以外は『薫明堂』の「零陵香」、『梅栄堂』の「聚香國」や、『一心堂』の「極品 沈香」を使っていて、どれもうちのネコのお気に入りである。またたび配合の線香もあるが、これに火をつけるとネコが線香に向かって突進し、鼻をひくつかせながらまとわりつき、ハイテンションになりすぎるので、使うのはやめている。

特に桐箱に入った、すべて天然香料である香木で作られた沈香は、本当にいい香りで、匂いを嗅ぐと脳の疲れがさーっと取れる感じがする。うちのネコがいちばん好きなのが、この香りである。いくらネコが好きだといっても、稀少なものなので、おいそれとは火をつけられない。そこが私のケチなところなのである。

健康・美容

41 がんばりすぎない健康法

健康のために続けていることといったら、週に一度の漢方薬局での体調チェックと、ウォーキングともいえない、買い出しも兼ねた散歩くらいしかない。運動以外だと、やはり甘い物を食べないということだろうか。おやつを食べずにいると、体重は増えないし体調もいい。漢方の先生から食べていいといわれているサイクルは、週に一度であるが、食べてしまうと、ずるずるっと次の日も食べたくなる。

ここで自分に甘くしてしまうと、悪循環になるので、ナッツ類を食べてごまかす。しかしこのナッツ類も食べ過ぎると胃に負担がかかったり、肌にぽちっと吹き出物ができたりするので食べる量を加減しなくてはならない。

ずっと座って仕事をしていると、外の空気を吸いたくなるのは、体が歩くことを欲しているのだと思う。一駅か二駅分歩いて買い物に行くと、すっきりして気分がいい。外出時にバッグの中に入れている歩数計をチェックすると、少ないときで二千五百歩、多いときで八千歩前後になっている。

毎日、八千歩くらい歩くといいらしいが、ここ三、四年、私が出かけると、十九歳の老ネコがいやがるようになったため、ネコの御飯を買いに行くのを口実に家を出ている。なので毎日出かけるわけにもいかず、せいぜい週に三日くらいが限度である。週に四日以上、一時間を超えて家を空けると、ネコの逆鱗(げきりん)に触れてなだめるのが大変なので、以前よりも外に出る時間は少なくなった。

私が家にいても、べったりとくっついているわけではないのだが、ネコも年を取ってきて、ひとりで家にいるのが不安らしい。私も一緒に暮らせるのが、どんなに長く見積もっても、あと二、三年かなあと考えているので、できるだけそばにいてやりたいと思っている。それと毎日、歩きたいという気持ちが相反していて、なかなか難しい。

特に運動をしていない私の健康法を考えてみると、すべてほどほどにしておくのが、よいのかもしれない。仕事も趣味も運動も食事もすべてほどほどに。若い頃は多少の無理もきくし、それも人生経験として必要な気がするが、還暦を過ぎたら無理は禁物だ。現在の私の生活でいちばん重要なのは、できる限り老ネコの気持ちに添ってやるということだ。これについては熱心かつ集中的にしているけれど、あとは必要以上の欲を出さずに、この程度でよしと、ゆるく暮らしていくのがいいのではと思っている。

42 できるだけ自分の足で移動する

ふだん私が移動に使っているのは、自分の足か電車である。二駅、三駅程度なら歩くし、それより遠くなると電車を利用する。若い頃は自転車も使っていたが、当時はまだ駐輪場が今ほどは完備されておらず、駐輪する場所を見つけるのが難しかったので、処分して自分の足を使うことにしたのである。

今は若い人もタクシーを使うのが当たり前だけれど、私がOLのときはタクシーに乗るたびに、運転手さんから説教された。疲れてどうしても酔っ払いがいる電車に乗りたくなかったので、タクシーに乗ったら、まだ電車が動いているのに、なぜ乗るのか理由をいえと怒られた。どうしても断れない会社の飲み会で終電を逃したので乗ると、こんな時間までうろついてと怒られる。どちらにせよタクシーに乗ると怒られたのである。当時は大阪でタクシーに乗ったときは、顔面に釣り銭を投げつけられたこともあった。当時は運転手さんのほとんどは私よりも年上の男性で、若い女が客で自分が運転するという状況が、不愉快だったのではないかと思う。それに比べれば今は運転手さんは丁寧で、気持ちよく乗ることができるようになった。でも私は一年に数回ほどしか使う機会がない。

同年輩の友だちは、バスが便利だという。話を聞くと、そこを狙ったかといいたくなるような、意外な場所から意外な目的地行きのバスが走っていて面白い。景色を眺めるという点では、バスは楽しそうだが、私はバス路線の情報にうとく、乗り慣れていないので、なかなか挑戦できずにいる。約束があった場合は電車のほうが時間がはっきり決まっているので安心だが、余裕があるときは、のんびりバスに乗るのもいいかもしれない。

基本的には電車移動とはいえ、電車が好きなわけではない。週に一度、漢方薬局に行くときには、薬局の最寄り駅から徒歩三分の路線ではなく、別路線の最寄り駅から徒歩十二分のほうを選んでいる。そちらのほうが電車に乗る時間が短くて済むからだ。歩く時間が長くなっても、運動不足解消になるし、自分の足で移動している感覚がいい。ただし昔と違って、やる気になってどこまでも歩いていくと、帰りの体力がなくなる。街中で遭難する可能性もあるので、脚力の許容範囲を考えなくてはならないのは悲しいが、できるだけ徒歩、電車。そしてこれからはバスを利用していこうと思っている。

43 更年期は自然のなりゆき

若い頃は、いつも不機嫌で怒りっぽい年上の女性を見ると、からかい半分に陰で、

「更年期じゃないの」

などといっていたが、自分が更年期を迎えると、たしかに毎日、愉快ではなかった。

自分がそんな年齢になってはじめてわかったことで、

「からかってすみません」

とその女性に謝りたくなった。

二〇〇八年に体調を崩したときは、更年期が理由かと思ったが、漢方薬局の先生から、私の症状は男性でも出るので女性特有のものではないといわれた。更年期の最中は、特に他人に対して攻撃的ではなかったと思うし、ヒステリックでもなかったはずである。ホットフラッシュもなかった。しかし私の周囲の女性たちのなかには、パニック障害を起こしたり、眠れなくなったり、とにかくいらいらして攻撃的になったりと、大変な思いをしている人も多かった。自分がその立場にならないと、理解できないのが更年期なのだ。

うちの近所の和菓子店の奥さんは、私よりも少し年上のようだったが、あるときからとても感じが悪くなった。満面の笑みは望んでいないが、いちおう商売をしているのだから、最低限の礼儀は必要だろうと思っていたのだが、次に買いに行ったら、とても感じよく応対してくれた。あのときはたまたま機嫌が悪かったんだなと思って、次に行くとまた感じが悪い。いったいどうしてだろうと考えた結果、年齢的に更年期にひっかかっているのではと、彼女の応対については深く考えないことにした。そして更年期から抜けたと思われる今は、元来の感じのよさが戻っている。

私は自分と親の問題さえ考えていればいいが、多くの女性の場合は、自分の更年期と親の体調不良、子供の進学や就職などが重なる時期になる。親や子供から頼りにされ、おまけに自分の体調がよくないとなったら、怒りが爆発するのも当たり前である。この体調不良がいつまで続くのか不安にもなる。しかし泥沼からはいつかは抜け出られるので、深刻に考えすぎないほうがよい。これは自然のなりゆきなのである。あまりにひどいのなら、医者に改善策をたずねるのもよいだろうし、気分転換になる趣味をはじめただけで、症状が改善された人もいた。そして周囲の人は、そのような女性がいたら、かつての私のように陰でこそこそ悪口をいわず、温かい目で見守ってあげて欲しいと思うのである。

44 外ネコ的健康対策

人間ドック、健康診断、予防接種、私はどれも受けていない。学生のときは学校の方針で、むりやり予防接種を受けさせられたけれど、自分の判断にまかせられる年齢になってからは、自治体などから健診の案内をもらっても無視している。

その理由は外ネコ的に生きたいと、若い頃から思っていたからだ。家ネコは飼い主から手厚く面倒を見てもらっているけれど、外ネコはそうではない。今の外ネコは地域の愛護団体の方々から、御飯をもらったり、保護されたりしているが、昔の外ネコはほとんど放置だった。ふだん、御飯の世話をしていても、外ネコの体調が悪くなったときに、病院に連れていく家はほとんどなかったと思う。イヌには狂犬病の予防注射が必要だったが、ネコやその他の動物が、今みたいにひんぱんに病院に通うなんて、当時はなかったのだ。

外ネコがしばらく姿を見せないので心配していると、三日後にひょっこり顔を出してくれてほっとしたり、残念だけどそれっきりになったりする。ばたばたせずに寿命を受け入れるのが、自然なのではないかと思っている。ただ私には、うちの老ネコを看取る責任があるので、週に一度、漢方薬局で体のチェックをしていただいている。また歯科にも定期的に通っているが、医者にかかっているのはそれのみだ。

人間ドック、健康診断、予防接種も、漢方と同じく予防のためで、それが西洋医学か、東洋医学かの違いだけだ。十年前に体調を崩して、症状自体は半年ほどで治ったのだが、不調の多くは不摂生などで自分が作っているとわかったので、免疫力を下げないように、日々、節制はしている。以前は体が鈍くなっていたので、何も感じられなかったけれど、体調不良が改善されてからは、よろしくない行動をするとすぐに体が反応するようになり、それがありがたくも面倒くさくもある。

健康診断がある勤め人に聞くと、いつも好き放題に飲食していたのに、健康診断日が近付くと、いい数値を出そうと急に酒の量を減らしたり、腹八分目にして我慢したりするという。私の場合はそれが毎日続いているといった感じだ。節制する生活を続けていても、病気になる可能性はある。突発的に、私が自分で関与できないほどの事態にならない限り、漢方薬局と歯科以外には通わないし、何かあったとしても、延命治療拒否の方針は変わらないのである。

45 毎日欠かさず体重チェック

私は五十三歳になるまで、ダイエットにとても興味があった。過激なものは試したことはないけれど、どれも長続きせずに、体のサイズを測っては、ため息をつく毎日を繰り返していた。じわじわと体重が増えるのは、加齢によるもので仕方がないと思っていたし、いちおう自分のデッドラインを決めていて、それさえ超えなければいいと考えていた。

ところが十年前に、いわゆる排出されるべき水分が体内に溜まりすぎたために体が冷え、その結果、体調を崩してしまった。その後、漢方薬とリンパマッサージで、体に溜まっていた水が抜けて体調がよくなり、それによって二十歳のときの体重に戻って、ダイエットをする必要もなくなったのである。

今も暇があれば、一時間程度、散歩をするくらいで、特に運動はしていない。私が水太りになった原因である甘い物を食べると、すぐに体重が増える。肉よりも、通常の食事を多めに食べるよりも、太り方が急なのだ。

ただ、まったく甘い物を食べないのも、私にはストレスが溜まるので、自分で決めたのは十日に一度、漢方の先生から許されているのは週に一度だが、仕事が忙しいときに、一週間に二回くらい食べるのはよしとしている。会食のときは何を出されても食べるし、友だちと食事を共にするときは、ケーキも食べる。昔はただ太っただけだったが、今は大幅に体重が増えると、体の不調をもたらす可能性があるので、自分が決めたデッドラインは維持するように努めている。

以前は体脂肪率はもちろん、水分量も量れる高機能のヘルスメーターを使っていたが、あまりに様々な数字にとらわれるのもいやになってきたので、体脂肪率も筋肉量も量れない、ただ上に乗って体重を量るだけの、アナログのヘルスメーターに替えてしまった。一日でいちばん体重が重いと思われる夜、入浴の前に必ず量る。

太っていたら、甘い物はしばらくやめて、朝、昼に食べる御飯も少なめにしておく。そうするとだいたい、一日、二日で戻る。痩せていれば、その逆で御飯を多めに食べる。とにかく体重の増減は放っておかずに、すぐに対処するようにしている。私の考えではあるが、ある程度の年齢になったら、痩せているよりも、多少、肉がついていたほうが、見た感じがいいような気がする。ただ私の場合は体調第一なので、体調回復時の体重を維持するようにしている。飽きっぽく面倒くさがりな私ではあるが、体重チェックだけは毎日、欠かさず続けているのだ。

46 冷え対策は「十二単方式」

私は通勤がなく、ずっと室内で仕事をしているが、少しでも寒いと感じたら、すぐに対策を取る。若い頃は感じなかったのだが、背中がぞくぞくしてくると、風邪っぽくなるとわかったので、冬にベストを着用することが多くなった。私の場合、首まわりを温めるのも大事だが、それよりも背中を温めたほうが効果があるような気がする。

若い頃、お年寄りのベスト、チョッキの着用率が高いのを不思議に思っていたが、やっとその理由がわかった。冷え予防のために、ポリエステル綿が入っている軽いベストを、いつでも手に取れるところに掛けてあるし、毛糸のベストを編んだりもしている。

また厚着をしすぎて汗をかくと、それが影響して体が冷えるので、トップスは薄手の長袖Tシャツの上に、ハイネックのセーターとVネックのカーディガン。それで背中がぞくっとしたときは、ベストを重ねる。それでも寒い場合はその上にお尻を覆う長さのロングカーディガンを着る、十二単（じゅうにひとえ）方式である。

ボトムスは、以前は部屋着のチノパンツやデニムの下に、薄手のスラックス下に類するシルクの肌着を着ていたが、『モンベル』のスーパーメリノウールの中厚手のタイツにしたら、薄くてとても温かい。ウールはちくちくして苦手だったのに、これはそういうこともなかった。冬のアウトドアにも使えるものなので、汗冷えがなく洗濯でのへたりもなく、とても快適に使っている。

靴下は自分で編んだ毛糸の靴下が温かいので、それを履くようにしているが、そうでなければウール混の五本指のソックスにしている。ふつうのソックスよりはこちらのほうが指一本一本が包まれるのでより温かい。それだけでは足元が寒いときはその上にもう一枚、大きめのソックスを重ね履きしている。室内履きは『ビルケンシュトック』の、甲の部分がウールフェルトのものを履いているので、スリッパよりはずっと足元が温かくなった。

冷えは外からだけではなく、体の内側の熱量にも影響されるので、食べる物にも大いに気をつけたほうがいいと聞く。最近は冬にもアイスクリームが売れるらしいが、暖房が利いている室内であっても、体にとってはとんでもないことのようだ。私もついアイスクリームを一口、二口食べてしまうことがあるけれど、その後、明らかに胃が冷えるのがわかる。冷え対策には食べ物への我慢も大事なのである。

47 歳とともに入浴方法を変える

若い頃は子供の頃からの習慣で、入浴するときは肩までちゃんとお湯につかっていた。その後は、最近はそれでは体は温まらないという説もあるけれど、半身浴がよいという話を聞いて、半身浴になった。といっても本を読みながら、一時間、二時間過ごしたことはなく、どちらかというと入浴時間は短いほうだった。またエコロジーの考え方に影響され、お湯につかるのをやめて、シャワーのみにしていたら、ちょうどそれが体調不良の時期と重なり、

「きちんとお湯につかって、体を温めるように」

と漢方薬局の先生からいわれて、また半身浴が復活した。

若い頃は入浴するのは体をきれいにするのが目的だったのが、中年になると体を温めて汗を出すのが目的になった。湯温は四十二度で、夏でも冬でもじんわりと汗が出てくると、

「ああ、余分な水が出てきた」

とうれしかった。湯船につかっている時間は十五分ほどだった。

入浴はほとんど習慣化しているので、それ以降、特に入浴方法も考えないし、気にもとめていなかった。しかしここ何年かで、汗が出るまで半身浴を続けていたら、風呂から上がった後に気分がいまひとつになるときがあった。冬なのに熱中症みたいに汗が止まらず、着ていた羽織物や履いていた靴下を急いで脱いだら、すぐに汗がひいて元に戻ったけれど、

「この風呂の入り方ではまずい」

と思うようになった。

どうしてそのような体調になったのかと調べてみたら、まず湯温が高かった。高齢者にとっては入浴はヒートショックなど、命の危険をはらんでいて、自分もその枠内に足をつっこみつつあるのを実感したのである。高齢者に安全な入浴法は、「湯温は四十一度以下で入浴時間は十分未満」らしい。それを知ってからは、夏の湯温は三十九度、冬場は四十度にして、入浴時間は九分にしたら、風呂上がりの体調不良は起きなくなった。

正直いって物足りないのは事実である。また体を洗うのも、昔はタオルに石けんをつけてごしごし洗っていたが、それは洗いすぎらしい。この頃は石けんの泡で皮膚を撫でるくらいにしていたら、冬場の悩みの種だった両脛の乾燥もなくなり、ボディ用保湿剤もいらなくなった。入浴方法も年齢に応じて変えていかないと、体にダメージがあると、この歳になってしみじみとわかったのである。

48 外出・着物・ネコでストレス解消

基本的に生真面目でもないし、整理整頓が苦手なゆるい性格なので、ストレスが溜まっている実感がない。実は溜まっているのに、そう感じていない人が、いちばん問題と聞いて、試しにインターネットでみかけた、ストレスチェックをしてみた。すると今のところは問題がないという診断だった。仕事は約束なので、きちんとやるけれど、他の部分は自分の好き勝手にできる毎日を送っている。それでストレスが溜まっていたというのなら、世間に申し訳がない。

いやだなと思うことは、もちろんある。そういうときにどうするかを考えてみると、昔は甘い物を食べて発散させていたような気がするが、今はそれほど食べたいと思わなくなったので、食べ物には走らなくなった。まずやるのは外に出ることだろうか。ふだんよりも散歩の距離を増やして、沿線を二駅、三駅ほど歩く。室内で仕事をしているので、やはり外の空気に触れると気持ちがいいし、すっきりする。

間違いなくストレス解消になるのは、着物に触ることだ。タンスの中から畳紙(たとうがみ)を出して衣裳敷き(いしょうじ)の上に置き、中を開いて、

「ああ、この着物。これは欲しくて仕方がなくて、税金を払う分をこっちにまわしちゃったんだっけ」とか、

「買った後は失敗したかなと思ったけど、今になってみると、意外といいな」とか、絹物の世界に没頭できる。不思議だが着物を触っていると心が落ち着く。洋服だったり合繊のものではなく、正絹(しょうけん)でないとだめなのだ。洋服が好きな人は、洋服を触っていると、心が落ち着くのかもしれないが。時間がないときは、帯揚げや帯締めを触っても気分は落ち着いてくる。


ネコをストレス解消の対象にするのは申し訳ないが、散歩の途中に外ネコを眺めるのも楽しい。私は必ず「こんにちは」「かわいいね」と声をかけてみる。警戒して逃げる子もいれば、じっとこちらを見る子、返事をして走り寄ってくる子もいる。なかには「わうわう」と一生懸命お話ししてくれる子もいるので、周囲の人には驚かれたりもするが、声かけはやめられない。家にもネコがいるけれど、こちらは私がかわいがりたいと思っても、先方の気分が乗らない場合、

「触らないで」

と無視される。これが私にダメージを与える、いちばんの原因なのかもしれない。

49 風邪の特効薬は「無理をしない」こと

根が丈夫な質ではないので、基本的に無理はしない方針で生活している。若い頃は風邪をひくと必ず喉をやられ、絶え間なく咳が出た。風邪薬は嫌いなので一切飲まず、ただひたすら寝続けて、回復を待った。それでも二、三日経てば、元の生活に戻れた。風邪は治ったと思っても、まだウイルスは体内に潜んでいる可能性があり、一週間か十日は無理をしないで過ごしたほうがよいと聞いたので、ふだんより早く寝るようにし、不要の外出はしないように気をつけていた。

漢方薬局に通うようになってからは、一週間に一度の体のチェックのとき、先生から、「背中に冷えを感じるので、風邪をひく可能性があるから、気をつけるように」などとアドバイスをしてもらえるので、自覚症状がなくても、とりあえず「葛根湯」(医療用)のエキス顆粒一包と、『救心製薬』の「霊黄参」を飲んでおく。「霊黄参」は通常一回二カプセルが服用の基準なのだが、私の場合、それだと少し量が多いような気がするので、半分にしている。そのおかげかここ何年も風邪はひいていなかった。風邪をひきそうな感じが自分でもわかるようになってきたので、そういうときは、まず甘い物は厳禁。とにかく内臓の負担にならず、かつ胃を温めるような食事を摂る。たとえば鶏肉とたくさんの野菜を煮込んだスープに、少量のおろしにんにくを加えたものを夜に食べると、朝、起きたとたんに、くしゃみが十三連発出た後、鼻水がどっと出て、それで風邪っぽさが嘘のように消えたこともある。

ただ私は自分でスケジュールを決められる仕事なので、体調が思わしくないのに、出勤しなくてはならない立場の人に比べて、体調管理はしやすい。とにかく誰であっても、無理をしないのが、風邪をひくのを避け、こじらせない基本だと思うが、ほとんどの人が無理をしてしまう。そこが問題なのだ。

マスクもせずに変な咳をしていたり、鼻をぐずぐずさせている人がいると、私はそばには寄らない。すれ違うときに息を止めたりもする。とにかく自衛、予防するしかない。それでも風邪っぽくなったときは、すぐに「葛根湯」「霊黄参」の二本立てである。そうすると私の場合、だいたい半日か一日くらいで治る。ただしすでに罹った風邪には効かないかもしれない。とにかく薬に頼るよりも、寒い時季に体が冷えるものを食べ過ぎたりせず、我慢するところは我慢して、体に無理をさせない、日々の生活が大切だと思う。

50 目の疲れは毎日ケアする

若い頃は今よりもパソコンに向かう時間が長く、夜、仕事を終えるとその後、読書や編み物をしていた。目の疲れが尋常ではなく、目の奥がずきっと痛んだり、ドライアイに悩まされて目薬が手放せなかった。肩凝りもひどかった。

ところが五十代の半ばに体調を崩し、今も週に一度、体のチェックと漢方薬を調剤していただいている漢方薬局の先生に、

「そんなに目を酷使したら、具合が悪くなるのは当たり前」

といわれて、どかっとまとめて書くのをやめて、一日に少しずつ書くようにし、夜はなるべく目を休めるようにした。

胃を温める漢方薬を服用し、肉類も食べるようにして、飲食するものにも気をつけて、とにかく体を冷やさないようにしていたら、眼精疲労を感じなくなり、肩凝りもなくなってきた。衣の章でも書いた、「オールタイムサングラス」も、目を守るという点では役に立ったと思う。目には日焼け止めが塗れないので、やはりこういったものを使って、目に入る紫外線を避けるようにしたほうがいいような気がする。

そして三年ほど前から、漢方薬局の先生から、

「目を使う仕事だし、これから白内障になるリスクも高くなってくるので、これを飲んだほうがいいのでは」

と勧められて、丸剤の「八味地黄丸（はちみじおうがん）」も服用するようになった。これを飲みはじめて、より目の疲れを感じなくなったのは事実である。

基本的にこの薬は、頻尿などの下半身のトラブル対策として使われるらしい。排尿等が腎臓の機能と関係していて、腎臓は目とも関係があるので、先生が勧めてくれたのだろう。くれぐれも注意していただきたいのは、これは私の体質を考えての処方であり、他の人が私と同じ薬を服用しても、同じ効果が出るとは限らないし、もしかしたら副作用が出る可能性もある。自分で判断しないで、きちんと薬剤師さんなどのアドバイスを受けて、購入されたほうがいい。もしかしたらその人には、別の漢方薬のほうが、合う場合もあるからだ。

相変わらずパソコンの画面を見ながらの仕事は続けているが、特に不都合も感じず、仕事や読書、編み物、和裁をするときには老眼鏡をかけるけれど、それ以外は裸眼でも大丈夫なのは、生活を見直したことと、細かいケアが役に立っているのかなと考えている。

51 化粧品は最低限必要なものだけでシンプルに

愛用している化粧品、といいたいけれど、どんな化粧品でもOKというわけではないので、刺激の少ないものを選んでいるだけである。また、基本的に最低限必要なものだけでシンプルにしたいので、あれこれずらっと洗面台に並べなくても済むようにしている。朝起きるとぬるま湯で顔を洗い、夏は植物エキス配合の美容液、他の季節はホホバオイルをつける。めったにないけれど、それでも乾燥するときは、白色ワセリンをつける。これまでは必ず日焼け止めを塗っていたのだが、それを落とすためにはたいていクレンジング剤が必要になり、それが肌トラブルのもとになる場合が多かった。ミネラルファンデーションを塗っていれば、ごく一般的な生活紫外線は防げると聞いたので、それを試している最中だ。

洗顔後、保湿をしたら、その上に石けんで落とせるミネラルファンデーションのみをつける。パウダータイプはブラシでうまくつけられないので、固形のものをパフでつけている。たしかに日焼け止めがないと、肌が呼吸している感じがするし、泡立てた純石けんでもちゃんと落ちている。日射しが強くなってきたら、日傘や帽子を使うので、日焼け止めなしでこのまま様子を見ようと思っている。

電車に乗って出かけるときの、私にとってのフルメイクは、眉はブラウン系のパウダータイプ、リップバームは『ドクターブロナー』、口紅は『ロゴナ』で色はライトコッパー、チークは『ローラ メルシエ』のワイルドブーケ（現在は廃番）で、どれも色鮮やかというよりも、肌になじむ色ばかりだ。この程度だと夜の洗顔のときに純石けんで落ちる。最初はポイントメイクの部分だけ、ホホバオイルで拭き取っていたけれど、どれも薄く塗っているので、その必要もなかったようだ。洗顔後は朝と同じく、美容液かオイル等を塗っておしまい。夏は面倒くさいので、洗いっぱなしのときもある。

たまにはアイラインでも引いてみようかと、プチプラコスメを買って、外出のときに使ってみた。たしかに目元ははっきりするけれど、それと同時にほうれい線が目立つような気がしてやめてしまった。ただ目元に力があると、顔の印象が潑剌（はつらつ）とするので、何十年かぶりに、マスカラを買ってみようかなとは思っている。ただし石けんで落ちるのが前提だが。このように私の化粧品関係は、華やかでも何でもなく、なるたけ経費をかけず、簡単にという方式の、夢のない実用一点張りなのである。

52 髪と爪、私の手入れ法

どんな年代でも、髪、爪がきれいな人は男女関係なく素敵だ。男性の清潔に整えられた爪や、女性だったら品よくマニキュアが塗られた手は見ていても気分がいい。若い頃は、マニキュアは過剰なお洒落だと考えていたが、歳を重ねるにつれて、髪も爪も艶がなくなる現実に直面してからは、年配の女性のマニキュアには寛容になった。しかし若い女性が、もともときれいな爪に、ごってりとネイルアートをしているのを見ると、もったいないとは、今でも思う。

髪に関しては、早く銀髪になりたいので、カラーリングをしていないし、パーマもかけていないため、洗って乾かすだけの簡単なものである。ただシャンプー選びには悩んでいる。以前は石けんで洗いクエン酸リンスをするので満足していたのだが、年々、髪質が変わっていくせいか、あまり調子がよくなくなり、シャンプーを使うようになった。しかしまた使い心地がいまひとつになり、あれやこれやと試供品を試しまくった結果、ノンシリコンのアミノ酸系シャンプーで、合成保存料、着色料、香料無添加でリンス不要の、『グリーンノート』の「自然葉シャンプー」を使っている。並行して『ジョンマスターオーガニック』のシャンプーも使っている。トリートメント剤も特に使わず、髪が傷んできた気配があると、シャンプーの前か後に、椿油を二、三滴髪に撫でつけて、それで終わり。

マニキュアには興味はあるのだが、私は手が小さいので、華やかな色をつけると子供がいたずらをしているみたいになるのと、圧迫感というか、息苦しくなるような気がするので、ほとんど塗らなかった。しかし『上羽絵惣（うえばえそう）』の胡粉（ごふん）で作られたマニキュアを知り、試しに買ってみたら、揮発性の匂いや爪に塗ったときの不快感がなくて具合がいい。

それも最初から手に塗るのは抵抗があるので、まずは靴下で隠せる足の爪に塗ってみた。何本か買って、それぞれの指に違う色を塗ってどの色がいいか確認もできる。しかしあまりに赤い色を塗ったため、お風呂に入ったときに、

「ひゃっ、血が出てる」

と塗ったのを忘れてびっくりしたこともあった。夏場は鮮やかな色もいいけれど、やはりふだん使うのは、艶出し程度のものが好きなのだ。色は春夏限定色だが「薄花桜」が気に入っている。

髪も爪も特別、色がなくていい。どちらも清潔なのがいちばんで、末端にまで気を遣っているのがわかればいいのではないだろうか。ささやかすぎるかもしれないけれど、私にはそれで十分なのである。

53 日光との付き合い方

日中、いる時間がいちばん多いリビングルームはUVカット加工がしてある遮熱生地のクールカーテンを使っているが、それでも日に焼ける気がしている。冬は顔を洗ったあとはだらだらしているが、夏は顔を洗ったらすぐに、ミネラルファンデーションをつけて、素顔では外に出ないようにしている。ベランダに洗濯物を干すときは、つばの広い帽子とサングラス、両手には指先のないコットンの手袋をはめて出る。

三月の下旬くらいから、外出時には日傘を使う。「サンバリア100」という、紫外線遮断効果のあるものである。五月になるとそれにサングラスも加わる。

昔は日傘といえば白い色しかなく、仕方なくそれを使っていたが、オゾン層が破壊されつつあるという話から、紫外線を防ぐ効果がより高い、黒のものも販売されるようになった。しかしそれを差していても日に焼けるし、傘の内側に熱がこもって暑かった。他に効果があるものはないかと探して、ほぼ完璧に紫外線を遮断する、「サンバリア100」にたどり着いた。これは差したとたんに、すっと体感温度が下がるので必需品になっている。

帽子は、以前はよくかぶっていたけれど、髪の毛に風が通るほうが気持ちがいいので、日傘を使うようになってからは出番が少なくなった。しかし風が強くて日傘があおられそうなときや、曇天のときは帽子をかぶる。『ヘレンカミンスキー』のラフィア素材のもので、三月から六月は濃い色目、七、八月は薄い色にしている。

化粧品については、顔に塗る日焼け止めはやめたけれど、日傘を差していても、首まわりが焼けるのがわかったので、体用に、蚊よけ成分が日焼け止めに入っている、ドイツの「マリエン薬局」の「蚊よけサンケアクリーム　SPF20」を使っている。夏は体に塗る日焼け止めを塗った上に、虫よけスプレーを使うのは面倒だったが、首、腕や足が出る服装の場合は、これひとつを塗って外出している。薄いベージュ色のクリームで、やや薬っぽい香りなので、苦手な人もいるかもしれない。通販サイトは日本語だが、品物はドイツから送られて来る。

日焼け対策はそれなりにしているけれど、私は日に当たるのは嫌いではない。たくさん日光を浴びると疲れるけれど、ほどほどになら元気になるような気がする。神経質になりすぎず、目だけはちゃんとガードして、日光と付き合っていきたいと思っている。

54 アンチ「アンチエイジング」

私はアンチ「アンチエイジング」派なので、何の対策もとっていない。体の変化に抗うことなく、なすがままである。相変わらずカラーリングはしていないし、早く銀髪になりたいのだけれど、白髪が増えてくれないのが悩みである。ただほったらかしにしていると、明らかにみっともなくなるので、見苦しくないようには気をつけている。老けて見られたくはないが、過剰に年齢を若く見せようとは考えていない。老けて見えるのは、どこか陰気な雰囲気が漂うからではないか。

フルメイクできれいにカラーリングもセットもしているけれど、幸せそうに見えず表情に乏しい中高年女性より、しわ、しみ、そばかすがあっても、明るくにこにこしている人のほうが、はるかに素敵だ。でもそれは人それぞれの美意識の問題だし、他人がとやかくいう問題でもない。プチ整形や昔は玄人のものだったつけまつげも、ごく普通に女性たちに受け入れられているので、そういう時代になったのだろう。

メイク用品も昔からそうだけれど、毎年、シーズンごとに様々なものが売り出される。もともとメイクがすべて楽しめるような丈夫な肌質ではない私は、自分でつけて楽しむ感覚がない。コスメフリークではないので、日焼けを防いで明るく元気に見えればいいというのが、化粧の基準である。

私にはほうれい線ももちろんあるし、睡眠時間が足りないとゴルゴ線（目の下から頬を斜めに横切る線）も出る。出たものは仕方がないので、そうなったら早めに寝て睡眠をとるだけだ。すべてはバランスなので、気にしすぎて人工的に何とかしようとすると、こっちをいじったら、あっちも手を加えなくてはならず、結局、ずーっとどこかをいじり続けなくてはならなくなる。それができる人は、ある意味、立派だなあと感心する。私は物事に執着がない人間なので、そこまで美に執着できる人は、すごいと思う。お友だちにはなりたくないが。

ずいぶん前、美人の女子アナがテレビで、使っているメイクアップ用の品を紹介していたのだが、それらがとても汚かった。ケースは粉や手垢（てあか）で汚れ放題。スポンジ、チップも粗雑に扱われていた。つけまつげの上に埃が溜まっている、若い女性を見たこともある。私はきれいということはいったい何ぞやと考えた。他人に見えるところだけ、きれいにしていればいいという女性が多くならないようにと、願うばかりである。

お金

55 ケチらず使って人生を楽しむ

これまで買い物をして「失敗した」と思った金額を合計したら、相当なものになっているると思う。基本的に私はぐずぐずと迷うのが嫌いなので何でも即決する。それがまずかったのかもしれない。たとえば服を買うとき、ウィンドーショッピングが嫌いなので、下調べをして店を決め、一直線にそこに行って帰ってくる。迷う状況を自分に与えたくないのである。

ずいぶん前になるが、知り合いの買い物についていったら、その人はある店で目星をつけると他の店に行く。そこで決めるのかなと思っていたら、また別の店に行き、ここで決めるのかと思っていたら、最初の店に戻って買った。私は腹の中で、最初に見たときに買えばいいじゃないかと思ったが、彼女のように複数の店で比較検討する、そういった買い方をする人のほうが多いのかもしれない。

ちょっとケチってワンランク下のものを買って、後悔したことも多い。満足できずに後日買い直したりして、前に買ったものはバザーなどに出したが、もとからちょっとがんばって購入していれば、無駄な出費をすることはなかった。とはいえ、若い頃は背伸びをして物を買うのも必要だと思うけれども、この年齢になると目が肥えて、いくら背伸びをしても手が届かないものが多いし、安っぽいものはいやだけれど、先が見えているので今の自分に見合うものでよい。

私は基本的にお金はケチるよりも、使ったほうがいいと考えている。それによって学ぶことが多いからだ。満足感もあるだろうし、損したと思うときもあるだろう。お金をたくさん貯めるのが人生の目的ならばそうすればいいけれど、お金は人生を楽しむためにあるのではないだろうか。

私はケチか浪費家かといわれたら、後者だろう。しかしすってんてんになる度胸はないので、通帳を眺めながら財布を開ける。使っちゃったお金は元に戻らないが、買いたいのを我慢してその分のお金が手元にあったとしても、だからどうなのだという気持ちがある。自分がやっちゃったことは仕方がないので、それを反省するかしないかは本人次第だろう。私はこれから先、新たに必要なものはほとんどないが、生活を楽しむためのものは買っていきたい。同年輩の人に比べたら、貯金額は少ないはずだけど、これも私の人生と納得し、通帳の残高が一年間生きていける額を割らないように、その範囲で楽しんでいくつもりだ。

56 ちゃんとしすぎない支出管理法

年が改まるたびに、今年はちゃんと家計簿をつけて、老後に備えようと思っているのに、それができない。十年ほど前、まだ実家のローンを支払っていた頃、二年間だけ家計簿をつけていた。一週間分の生活費の予算を立てて、毎日、食費、本代など項目別に記帳した。そのときに現実の数字を目の当たりにして、

「こんなにお金を使っていたのか」

とあらためて驚いたのだが、自分の出費の傾向がわかればそれでよしと、面倒くさいのでほったらかしにしてしまった。家計を圧迫する出費だった、実家のローンの支払いが終わり、着物さえ買わなければ問題がないとわかったので、それ以来、家計簿をつけるのはやめてしまったのだ。現在はローンもすべて払い終わり、着物もこれからの人生に着るには十二分にあるので、手入れや仕立て直しにかかる維持費は必要になるけれど、新調する必要はない。税金以外の大口の出費がなくなったのである。

だからといって丼勘定でいいというわけではないのは、重々わかっている。会社員と違って、振り込まれたものを全部使っていると大変なことになる。私は毎月使っていい

現金は十万円と決めていて、その中から食費、洋服代、本代、交際費など、家賃と水道光熱費以外の出費をまかなう。週に一度、漢方薬局に通っているので、その薬代は別会計で薬用の別の財布に入れてある。買い物に行って帰ってきたら、財布からお金を全部出して、残金を数える。レシートとも照合しない。財布の中の金額を確認するだけだ。割合としては、外食はしないものの食費がいちばんかかるけれど、よほどのことがない限り、毎月、だいたい余っている。

昔は出費の中で本代がいちばん多かったが、最近は新刊も買いつつ、手持ちの本をまた読み返すほうが多くなった。それでも読みたい本が集中するときもあるので、そんなときは予算の十万円をオーバーするけれど、翌月分から前借りする。そして二か月で二十万円の枠は崩さないようにしている。ここを崩すと、散財して年末にぎゃっとびっくりするのが、よくわかっているからだ。とはいえ仕事に関係する物には、お金は惜しみたくない。日々の家計簿をつけないかわりに、財布の残金はいつも頭に入れておく。これで老後を暮らせるのかとも思うのであるが、今のところはこんな具合で暮らしている。

57 カード類は一枚でも少なくする

現在、クレジットカードに関しては、一般のクレジットカードを二枚、デパート系のカードを一枚持っている。月賦では物を買わないので、クレジットカード類はすべてなくして、現金払いにしたい。しかし通販を利用していると、着払いだと手数料がかかるし、振込だとそのたびに銀行に行かなくてはならず、ゼロにはできなかった。ずるずると通販用と、いつも買い物をするデパートのカードを持ち続けている状態である。

クレジットカード払いは借金だから、少額であっても気分がいいものではない。インターネットの古書店で本を購入すると、ほとんどがゆうちょ銀行の利用が可能で、銀行へ出向くよりは、徒歩二分の場所にあった郵便局での支払いが便利だったので、すべて振込にしていた。ところが先日、その郵便局が閉鎖されてしまい、指定の銀行や郵便局に行くには、十分から十五分歩かなくてはならなくなった。日々、散歩をしているので、苦にはならない距離だけれど、振込日に期限があり、こちらの予定もあると、荒天の日に外出しなくてはならなくなったりする。こういうときはカード払いがいちばん楽なのだ。

カード払いにすると、利用分に応じてポイントがつき、それによって好みの品物がプレゼントされるシステムが多いので、絶対、現金払いよりもカードで支払ったほうが得だという人もいる。しかしそのポイントも相当の金額を使わないと溜まらないので、ポイントについては、もとから頭にない。

店のポイントカードは、ふだん食材を買う食料品店のもののみ、一枚しか持っていない。以前は何枚も持っていたが、財布の中に見苦しく溜まっていくのにうんざりして、これ以外は捨ててしまった。このポイントカードも、先日、店員に、

「あと三百八十円買えば、ポイントがもうひとつ増えますよ。たったの三百八十円ですけど」

といわれ、他に買うべきものは何もなかったので、

「結構です」

と断ったら露骨にむっとされた。不愉快だったので、あとスタンプ二つで割り引きになるから、それを使ったらこの店のポイントカードももらわないと決めた。とにかく生活の簡素化をめざしているので、必要がないものは排除の方向で暮らしていこう、と考えているのである。

58 銀行と郵便局、私なりの使い分け

私が現在持っている通帳は全部で三冊で、そのうちの二冊は銀行、一冊は郵便局のものだ。銀行の口座は、私が会社に勤めていたときからの、給与振込用をずっと継続して使っているものと、実家の住宅ローンを返済する際に、銀行から作らされたものである。郵便局の口座は、若い頃に定額貯金をしていたのを、そのままずっと使っている。原稿料は会社に勤めていたときの口座に振り込まれ、税金、光熱費、カードの支払いもこちらから引き落としになる。必要があればそこから他の口座に移すようにしている。

住宅ローン用の口座は、返済し終わった今は不要なのだが、ふだんは使うことがないので貯金用にして、少し余裕ができたら、こちらの普通預金に入金している。日常の引き出しが行われる口座に入れておくと、軟弱な私は、「まっ、いいか」と引き出す可能性があるので、いちおう分けている。

突然、実家を建てる話が出たときは、本当に生活に困窮した。質店に時計、バッグを買い取ってもらい、定額貯金もほとんど解約した。その当時は定額貯金の利率が非常によく、預けた金額の倍近くになっていたのでとても助かった。その後の定額貯金の金利

は情けないほど下がり続けていて、郵便局に行く手間を考えたら、預けないほうがましというほどひどくなっている。行く途中で転んだりしたら、治療費のほうが絶対に高くなる。なので預けていた定額貯金の残りはそのまま残し、通常貯金のほうは、ゆうちょダイレクトなら同銀行間の振替は月五回まで手数料がかからないので、古書店への支払いや通販の支払いの際に使っている。支払いの額に合わせてそのつど入金しているので、いつも残金は千円以下になっている。

定額貯金以外、定期預金がない理由は、面倒くさいからである。いつ何時、お金が必要になるかわからないので、一日の引き出し限度額が設定されているものの、必要なときにさっと引き出せる普通預金のほうが気楽なのだ。大金を預けているのならともかく、私の預金状況では、定期でも普通でもほとんど変わらない。ならば近所にある店舗で、何の手続きも必要なく、ささっと下ろせるほうが都合がいいのだ。できれば通帳は一冊にまとめたほうが、より便利になるかもと、大本の口座以外は解約しようかと考えたこともあった。しかし万が一、通帳をなくしたりトラブルがあったときに、全財産を失う可能性もあるので、少しずつ分散して、現在のような方式になっている。

59 確定申告はプロまかせ

確定申告は税理士さんにお願いしているので、私が自ら書類は書いていない。会社をやめて執筆専業になってから四年間は、自分で慣れない帳簿をつけて申告していた。ところが税務署の調査が入った。やってきたのは若い男で、帳簿を見ながら、「趣味で読む本と仕事で読む本を分けろ」と理解しがたいことをいうので呆(あき)れていたら、ああだこうだと細かい部分に難癖をつけてきて、「これは経費とは認められない」などという。経費からその額を差し引き、それによって発生した申告額の差額の税金を払えというのだった。

ものすごく頭に来て、私が無口になっていると、彼は煙草(たばこ)を吸って一服した後、自分はこういう仕事をしたくはないんだけど、親に勧められたからなったといって帰っていった。その後、所轄の税務署に行って、がんがん文句をいってやったが、金はしっかり取られた。そして税務署の決めた期日から少しでも遅れると、高い延滞金をふんだくるのだ。

そんな出来事が二度ほどあり、同業者に相談したら、経理は税理士にまかせたほうがいいとアドバイスされ、誰かいないかと探していたら、編集者を通じて山田詠美さんがご自身の税理士さんを紹介してくださったのである。

　それからはずっと彼にお願いしている。私がやることは、毎月、経費になる分の領収書をファイル用ノートに貼り、版元などから送られてくる振込明細書、通帳のコピーとあわせて二か月に一度、会計事務所に送付する。そして年末に彼から、

「着物の代金は落とせません」

　と連絡がきたりして、

「うーむ、それでは仕方がない」

　と引き下がったりする。

　自分でもできないかと書類を見たが、単純な足し算、引き算ではなく、実家の評価額の三分の二が私の資産扱いになっているのでその計算とか、減価償却とか、パーセント関係の数式が出てくるものは理解できない。仕事をしながらこんな複雑な作業ができるわけがないのですべておまかせだ。経費になるものにはお金を使い、そうでないものは出費を抑えるようにと彼からいわれている。しかし消費の傾向が真逆の私は、毎年、確定申告が終わって、彼から支払う税金の明細が届くたびに、「たいへんだ、どうしよう」とあわてふためくのを繰り返しているのだ。

60 寄附のマイルール

寄附については物品、金銭とも毎年している。物品についてはバザー品を募集している団体があるので、新品に近くて使わない物があれば送っている。その使わない物がここ何年か、ずっとあるというのが、私の大きな問題なのだが、私の不要な物が誰かの役に立つのならと、先方からバザー品募集のお知らせがきたり、整理してあれこれ物品が出てきたりすると、せっせと梱包して送っている。

私は梱包作業が好きなので、箱詰め作業はまったく苦痛ではない。それどころかいい気分転換になるので、物品がまとまると本当にうれしい。この本はこちらのバザーでは受け付けてくれないので、あちらのバザーに出そうとか、着物地で洋服を作るためならば、こういった柄を送ったらいいんじゃないかとか、あれこれ考えるのも楽しい。ただし私の不要品の処理場として、バザーを考えるようになってはいけないと戒めている。

寄贈しているものでいちばん多いのは本で、一年で十箱以上はバザーに出している。私は本を購入すると帯は捨ててしまうので、単行本、文庫本は帯なしになるが、ほぼ新品といえるもののみ送っている。衣類は未使用品か、一度着用してクリーニング済みのもの。バッグ、靴等も新品か一度使用した程度のもので、リサイクルショップで見たとして、自分がお金を出せるかどうかを、基準にしている。着物は手入れ済み、小物類は未使用に限っている。手芸用の素材として、多少のカビやしみは可で、受け付けてくれるところもあったので、母のところからきた、部分的にカビていて私が着る気にならなかった着物や羽織を、送らせてもらったことはある。

寄附金は一年に何回か、動物保護、里親探しの活動をしている団体に送っている。いちおう相手の団体については調べさせてもらうけれど、特に送り先を決めているわけではなく、「今度はここにしようかな」と気まぐれで送金している。

東日本大震災などの被災地にまだ残っている、イヌやネコたちのフードが不足している状況をインターネットで知ると、送る場合もある。金銭を送るのは、基本的に、人間に対しての支援よりも手薄と思われる、イヌ、ネコなど、動物への支援をするところのみである。最近は人々の意識も変わってきたけれど、少しでも彼らが幸せに、早く殺処分がゼロになるように、陰ながら応援していきたいと考えている。

61 借金を申し込まれたら

私のある友だちは善良で収入が多いために、借金の申し込みが多かった。それをそばで見ていると、他人に借金を申し込んでくる人たちは、基本的に自己管理ができず、かつ図々しいタイプが多いのではないかと思う。彼らは年齢が若く収入も低かったので、弱い立場を強調してくる。まず親や身内に頼めばいいのに、親にはいえなくて他人を頼るのである。結局、友だちは何百万円単位の金額を貸し、さらに信じられないような低額、かつ長期の返済予定を組んであげたのに、それさえも滞るようになった。

それを聞いた私ともう一人の友だちは、今すぐ全額返してもらえと意見が一致した。そしてもう一人の友だちが動いて、きっちりと全額返済させた。借りた側は、金のない自分たちが金のある人から借りて何が悪いのか、借金を返さなくても、相手は貧しくならないからいいのだという、妙な理論をふりかざすのだ。それならば消費者金融で借りればいいのに、それはしないのである。

学校を卒業してすぐ就職した、広告代理店のお洒落な同僚は借金女王だった。給料が生活費の私や、地方出身のひとり暮らしの人には声をかけてこなかったが、裕福な家の人には何度もお金を借りていた。二万円を貸すと、約束の日に一万五千円を返してくる。しかしすぐにまた二万円を貸してくれというらしい。まったく返してくれないわけじゃないからと、貸した人はいうのだが、そのお金が、彼女の服やアクセサリーに使われていると知って、私はいやな感じがしたのだった。

ずいぶん前に、高額納税者ランキングの下のほうに私の名前が出たとき、日本全国の見ず知らずの人々から、借金の申し込みが十件ほどあった。自分の窮状を切々と訴えてきたり、担保として自分が持つ山林の測量図やら、土地の写真を送ってくる人もいた。もちろん、

「あんたの事情なんか知らん」

である。どうして見ず知らずの人々に、何百万、何千万を貸さなくちゃならないのか、わけがわからない。

私が借金を申し込まれて貸せるのは、あげたと思える程度の金額でしかない。顔見知りの人が困っていたら、できる範囲で助けるけれど、私が友だちになるような人は、借金を申し込んではこないのである。万が一、友だちが借金を申し込んできたら、戻ってこなくても許せる範囲の金額を渡す。それ以外はすべてお断りするのが私の方針である。

62 人生でいちばんお金をかけたこと

これまでいちばんお金を使ったのは、私の意志に反して建てさせられた実家は別にして、自分の意志で購入したものでは、やはり着物だろう。これから先を考えて、少しずつ親しい着物好きの人にもらっていただいたりしたものの、母親が施設に入り着物は着なくなったので、同居している弟から、どっと母親の着物が送られてきた。ほとんどすべてを私が買わされていたので、あらためてその量にびっくりした。

せっかく減らしたのに、元の手持ちの量よりも増えてしまい、また着物好きの人たちに、むりやりもらっていただいた。それでも、

「ありがたいけれど、入れるところもないので、ご遠慮させてください」

というお返事も多々あり、泣く泣く手元に残すことになった。私にも似合わないと思われるものは、ずいぶんバザーに出したりしたが、やっと元の私の手持ちの枚数くらいにまで落ち着いたものの、結局のところ減っていないのである。

着物や帯はぎりぎりタンスやラックに収まっているけれど、これ以上はとうてい無理だ。とっても怖かったけれど、試しに今までどれくらい着物類を買ったかを計算してみ

たら、都内に一戸建てが二軒建つくらいだった。今になって、こんなに買う必要があったのかとは思うが、まあ、買っちゃったものは仕方がない。なので私の老後の資金は、ほとんど着物に消え、貯金はないのである。

着物を好きになったおかげで、季節、用途にふさわしい柄を調べた。もともと花には興味はなかったのに、図鑑や歳時記を読んでは、その花の柄を着るのにふさわしい時季を勉強した。半衿（はんえり）をつけるために針を持つ習慣がつき、和裁もするようになり、単衣だけれど着物も縫った。着物を買う際に、こちらにもある程度の知識がなければと、産地の勉強もしたし、着物を見る機会があれば、買う予定がなくても行った。着物ブームといわれる前から、ひとりで着物を着ていて、周囲のおばさんたちから、あれこれいわれたこともあったけれど、着るのをやめようとは思わなかった。根性も据わったのだ。

今はもう買わなくなったけれど、家二軒分の貯金があったとしても、着物がなくては何の潤いもない毎日だったのではないかと思う。私に多くのことを与えてくれたので、着物にお金を使ったことに対しては、後悔していないのである。

仕事

63 憧れと適性は別物

私は物書きになりたくて、この仕事をはじめたわけではないので、いまだに居心地の悪い感じがしている。夢が叶(かな)って作家になった人とは、常に温度差を感じていて、「こんな私ですみません」と肩身が狭いのだ。私の立場は当然ながら文学、文芸の王道ではなく、それぞれのジャンルの隙間に棲息(せいそく)している、隙間産業である。しかしどこにもくっつかないその隙間が、とても居心地がいいのである。

幼い頃、私がなりたかった職業は、デザイナーだった。父親が絵描きでグラフィックデザインの事務所を立ち上げ、そばで仕事を見ていたので、単純に面白そうだなと思っていた。しかし絵がとても下手くそだという自覚があったので、この夢は諦めた。次は看護婦さんだった。他の女の子みたいに、何かが起こっても、叫んだり泣き出したりする性格ではないので、自分に向いているのではとずっと考えていた。

後年、その話を友人の占い師にしたら、私のホロスコープを作ってくれて、「看護師の適性なんて、これっぽっちもない」といわれた。看護師になる人たちには奉仕の星があるそうで、私にはそれがないのだそうである。子供の頃の夢に忠実に、看護師の道を歩んでいたとしたら、挫折していたかもしれない。

一方、本はとても好きだったので、本に関係する仕事には就きたかった。といっても図書館司書は空きがないと聞き、新卒で編集者になるには頭の偏差値が足りなかった。転職を繰り返していた私を拾ってくれた零細出版社で、編集の道が開けたと思ったら、予想外に書くほうにレールが敷かれていて、そして現在に至っているわけだ。

ああいうふうになれたらと、憧れた人がいなかったわけではない。国立（くにたち）に「銀杏（ぎんなん）書房」という洋書、絵本を扱う古書店がある。そこにいつも着物をゆるやかに着た、眼鏡をかけた年配の女性が、本を手に座っていらした。当時私は三十歳前後だったと思うけれど、素敵だなあとずっと彼女の姿に憧れていた。本に囲まれて着物で生活して、ゆったり暮らす。なので古書店主にはなってみたかった。最近は若い女性の店主も増えているが、経営がそれほど簡単で楽ではないのはもちろんわかっている。着物と本という、私の好きなものの合体イメージだけである。今から古物商の許可を得るのも大変なので、憧れのまま終わるのは間違いない。

64
苦手な仕事との向き合い方

六年間勤めた零細出版社での仕事は、当初は社員が私一人しかいなかったため、原稿依頼、広告依頼、編集補助、進行など、様々な内容の仕事をしていたが、私に求められたいちばん重要な仕事は経理だった。とにかく子供の頃から数字が苦手で、

「絶対に経理なんてできないわ」

と確信していたのに、入りたいと思って入社を許された会社での仕事がそれだった。

一般的なルートで本を販売せず、地方・小出版流通センターというところから、大手の取次会社、書店へと納品していた。その扱いがない書店に対しては、都内近郊であれば、配本部隊が納品し、地方の書店には本を梱包して郵便小包で送っていた。

また当時はパソコンなどもないので、全国の取引先書店の配本部数の管理もすべて手書きの帳簿で、その記入を私は一切まかされていた。本の梱包もした。私にはお金の計算よりも、梱包をしている肉体労働のほうが気が楽だった。だんだん取り扱い書店も増えていき、会社的にはよかったのだが、数字が苦手な私が帳簿をつけ、それをもとに請求書を起こし、領収書を出す作業は、いくらやっても私にはいちばん向いていない仕事

だったと思う。でもそのときは黙々とやっていた。苦手だが自分なりに最善を尽くす努力をしなくてはいけない。それは私がお給料をいただく立場だったからである。

会社をやめてからは、やりたくない仕事は断ってきた。だから苦手だと思いながらやっている仕事はない。それがフリーランスの特権でもある。テレビの仕事も昔から断り続けている。テレビに出ることで書く以外に発信できる事柄があるならばともかく、文章を書くことで十分いいたいことはいえている。講演もお断りしている。これも同じ理由で、文章に書いた内容と重複しないで話すテーマが私にはみつからないのだ。

会社員ではない今では、自分のやりたいことは自分で選べる。もちろんそれによって収入が減ることもあるわけだがそれは自分が納得している。最近はブラック企業のようなひどい会社に勤めているわけでもないのに、自分の仕事がいやだと文句をいう人も多いと聞く。私からすると「文句をいうな。黙ってやれ」といいたくなる。毎月お給料をいただき、その経験が将来その人の役に立つのは間違いないのに、文句ばかりいっている人は、それにさえ気がつけない、気の毒な人なのだと思う。

65 辛い経験も時に役立つ

私が学校を卒業してすぐに就職した広告代理店は、今から考えるとブラック企業に近かったような気がする。社会人としての礼儀作法をたたき込まれ、朝九時に出社し、家に帰るのは毎日、夜中の十二時を過ぎていた。また新入社員の私たちは、制作部のデザイナーに、意味もなく怒鳴りつけられた。たとえば、「お前の顔を見ると仕事が捗らないから、あっちに行け」とか「いるだけで邪魔」とか、やたらと当たり散らされるのである。とにかく上司のほとんどは機嫌が悪く、私たちは彼らのうさばらしの対象になっていた。結局、半年でやめたが、理不尽な罵倒をされ、それに耐えたおかげで打たれ強くなった。ちょっとやそっとのことでは動じなくなったと思う。

また零細出版社に勤務していて、原稿の依頼、進行などをしていたとき、締切日にきちんと原稿をくださる方は少なかった。発売日が不定期になったりして、ご迷惑をおかけしていたのも事実なのだが、原稿が集まらずに頭を抱えたことが何度もあった。締切を守ってくださる方はみな会社員の編集者だった。締切日は早めに設定されていて、何日かは余裕があるのだが、それを見越して二、三日遅れで原稿が集まりはじめる。しかし、もうこの日に印刷所に原稿を入れないと、何もない白いページのままになるというデッドラインになって、手ぶらで会社にやってきて、社長、編集長の監視のもとで、おっとりと原稿を書きはじめる人たちがいた。

それはいつも同じフリーランスの人たちだった。そのなかには、

「ガソリンを入れないと動かない」

と書く前に飲酒する人がいて、こうなると私は退社する時間になり、あとは社長と編集長におまかせするわけだが、本当に大丈夫かと心配になった。何度か逃亡犯も出て、原稿が落ちて社長と編集長が自分たちで原稿を書いて、誌面を埋めていたこともある。

それを見ていたので、書く仕事をはじめてからは、内容はともかく締切だけは守るようにした。遅れる場合は、必ず二日後には渡すといって、それを守ってきた。これだけは自慢できる。もしも会社勤めを経験していなかったら、最低限の礼儀であるとか、複数の他人がいるなかでの人間関係の対処の仕方や、社内での編集者の仕事の流れを把握するのが難しかった気がする。どちらも当時は、辛い経験でもあったが、今も仕事を続けている私には、それがとても役に立っている。

66 すべてを自分で抱え込まない

私は従業員数が多い会社に勤めた経験はない（厳密にいえば、一度あるけれど上司と喧嘩をして二日でやめたので、数には入れないことにする）。ワンフロアでぐるっと見渡せば、社内のすべての人がいるような所ばかりだった。こんな零細企業での経験しかないので、一般的な会社の話として、参考になるかどうかはわからない。

ＯＬ時代はとにかく、何か起きると直属の先輩か、上司に相談していた。私がもたもたしている間に、問題が大きくなると大変なので、連絡は密にしていた記憶がある。新入社員に伝える心構えで、「ほう・れん・そう（報告・連絡・相談）」という言葉があるらしいが、当時でもそれを実行していた。自分のミスを、まだ仕事を覚えている段階なのだから、やっちゃっても仕方がないと開き直り、

「このようなことをしでかしました」

と謝った。黙っていて大事になるより、ミスがわかったらすぐに謝っちゃったほうが、結果的には会社も自分も、それほどダメージを受けないんじゃないかとふんだのである。

数年ほど前、昔の出来事としてある話を聞いた。某雑誌で連載を持っていた方が、自

分でそのページのイラストも描いていた。あるとき担当編集者が、受け取ったイラストを紛失してしまった。誰にでもミスはあるのだから、すぐに上司に報告して、頭を下げてまたイラストを描き直してもらえばよかったのに、その担当者は自分でイラストを描いて、それを載せてしまったのである。掲載誌が届き、自分が描いたイラストではない、ド素人のへたくそな絵が載っているのを見て、連載していたご本人はさぞかしびっくり仰天(ぎょうてん)したことだろう。私もその話を聞いて驚愕(きょうがく)した。ミスが発覚したときに、正直に頭を下げないと、こんな恐ろしいことになるのだ。

最終的にチェックした編集部が、そのド素人のイラストに気がつかなかったのも情けないというほかない。体調が悪くてうまく描けなかったと思ったのだろうか。実は私はその連載のページを覚えていて、いつもと全然違うイラストを見て首をひねっていたのだが、やっと理由がわかった。

私には上司はいないが、仕事相手には「ほう・れん・そう」することにしている。物事をスムーズに進めるには、すべてを自分で抱え込んではいけない。仕事をしている立場ならば、相手と密にコミュニケーションを取るのが、大事に至らないための第一歩なのだ。

67

一日の時間割りはネコ次第

私の一日は、一緒に暮らしている、女王様気質のネコ次第である。彼女が「寝るのだ」と鳴けばベッドに入り、「起きろ」と鳴けば起きざるをえない。ネコのスケジュールに合わせて、暮らしている。

だいたい朝は七時頃に起きる、というか起こされる。ベッドの横で女王様がわあわあ鳴くからである。ネコは深夜に起きて、朝の七時すぎから再び寝るので、眠っているときに何かあったらいやだから、見張りのために私に起きろといっているらしい。

朝起きると私はすぐラジオをつけ、ネコのトイレを掃除して、水が入った器の水を替え、御飯をあげる。そしてネコは自分のドーム型ベッドに入って眠りにつく。私は窓を開けて朝食の準備をする。だいたい十五分ほどで作り、漢方薬を煎じる。食休みを含めて小一時間、ぼーっとした後、掃除、洗濯などの家事をする。その後、インターネットに接続し、メールチェックや好きなサイトを見てから仕事にかかる。私は毎月、スケジュールを組み立て、締切から逆算して、毎日書く枚数を決めている。午前中でその日の分を書き終われば、それでその日はおしまい。終わらなかったら、午後も仕事である。

十一時半から昼食を作りはじめ、十二時には作り終わるので、十二時から午後一時までが昼食時間になる。そして一時からまた仕事をし、終わらないときは夕方五時くらいまで続ける。それもネコが起きてきて、もうやめろと鳴くからやめるのである。仕事をしない日は散歩をしたり、銀行、郵便局に行ったりする。だいたい午後三時すぎには仕事が終わるので、その後は食材の買い出しなど、用事をしがてら散歩をする日が多い。

夕食は午後六時から作りはじめ、七時半くらいまでが夕食の時間で、それ以降はソファの上でネコを抱っこして、本を読んだりテレビを見たりする。九時からは入浴。そして十時半から十一時の間に寝る。ところが夜中の三時に、突然、ネコに起こされることも多い。ベランダに出してくれと訴えるのだが、そこで何をするわけでもなく、ただ座っているだけ。眠りを中断された私は、この時間がいちばん辛い。そしてまたベッドに入って、ネコに起こされたら朝が来る。夏場は起きる時間が一時間ほど早くなる。自分の休みは、外出してもなるべく混まないように平日にとる。ネコを拾ってから、こんな毎日を二十年近く続けているのである。

68 欠かせない仕事道具

私はパソコンで原稿を書いているので、ノートパソコンは必要不可欠の道具である。原稿は画面ではなく、プリントアウトして推敲するので、プリンタも必要だ。筆記具は校正をするときの、『ゼブラ』の「サラサ」の〇・五ミリの赤。『三菱鉛筆』の「ジェットストリーム」のボールペン。どちらも替え芯をストックしておいて入れ替える。鉛筆も好きなので、『三菱鉛筆』の「ハイユニ」の4Bと6Bを一ダースずつ常備。これまではカッターで鉛筆を削っていたのだが、文具店で「ラチェッタ ワン」という小さな鉛筆削りを買ってみたら、これがとても使い勝手がいい。二〇一四年の日本文具大賞の機能部門グランプリを受賞したものだと後で知った。定価三百円でこれだけ満足させられる物が作れるなんて、日本の文具はすごいと感心させられた。あとは『セーラー』と『ペリカン』の万年筆を一本ずつ持っている。

ノートはずっと『丸善』のものを愛用していたのだが、製造中止になってしまい、それに近いということで、店頭で勧められてから『ツバメノート』のものを使っている。『コクヨ』の「統計ノート」は、見開きを一年分にして、入金予定と、一年のなかで確実に支払わなくてはならない大口の出費の税金、家賃、国民健康保険料、税理士報酬などの予定を書き込んである。会社員と違って、毎月、定額が入金されるわけではないので、このページを見ながら、あれこれ頭を悩ませている。

付箋はメーカーは特に決めてはいないけれど、付箋を入れている箱を開けてみたら、『3M』の「ポスト・イット」と『無印良品』の、ごく普通のサイズとミニサイズが入っていた。ネコの絵がついた付箋も持っているのだが、もったいなくて使えないので、引き出しの中にしまったままで、たまに取り出して眺めては、にんまりしている。

本棚は高さ七十センチ×幅七十五センチと六十センチのものが一本ずつ。棚は可動式になっている。それと昭和の家の書斎に置いてあったような、高さ百二十センチ×幅九十センチのガラスの両開きの扉がついたもの。同じく昭和の子供部屋にあったような、高さ百センチ×幅七十五センチで、固定された四段の棚がついているシンプルなものが二本。これらの昭和の雰囲気の本棚三本は、世田谷区北沢の「アンティーク山本商店」で購入した。現在、これらにぎっちぎちに本が詰まっている。ゆったりと本が並べられる程度まで、減らしたいと思っているものの、それができないのが困りものなのである。

69　パソコン、電話……仕事用通信機器の選び方

　仕事で使う通信機器といっても、私は携帯電話を持っていないので、固定電話兼ファクスと、パソコンくらいしかないのだが、選ぶ基準はどれが評判がいいかである。店頭に出向く時間があったら、誠実で正直そうな店員さんに聞いて購入するけれど、だいたいは通販サイトの評判をチェックして購入する。それで今まで失敗したということはなかった。

　たくさん候補があっても混乱するだけなので、通販サイトの在庫があるものだけで十分だ。せっかく設定した機器が壊れ、購入しなければならなくなる場合、まったく違うメーカーのものだと、操作、設定を新たに覚えるのが面倒になる。なのでなるべく同じものを購入したいのだが、あまりに新製品が出るサイクルが速く、ファクスも同じ商品を買えた覚えがない。なので同じメーカーの後発モデルを購入し続けている。

　同じメーカーのなかで評判のいいものを三機種選択する。そのなかから選ぶ基準は真ん中の価格のものだ。安いとちょっと不安だし、高いとそこまで出さなくてもと思う。もしも同じメーカーのものがなかったら、他のサイトをチェックして、あればそこで購

入する。中古品は購入しない。

設定はすべて自分でやる。もともと配線は得意なので、実家にいたときもステレオの配線、接続は自分でやっていた。理系の理論的なことはまったくわからないが、あっちこっちいじくりまわして、線をつなげているうちに、何とか音は出るものだし、電気が通じて使えるようになるものなのである。ただし呼び出し音やら留守電機能やら、マニュアルを見ながら、私の使い勝手がいいように設定するのは、毎回、大変ではある。

実は丸六年間使っていたパソコンの調子が悪くなってきて、同メーカーの別モデルを購入した。締切があるときに切り替えるのは怖いので、連休があるときに替えようと思っているのだが、現在のデータを全部、新しいパソコンに移行できるかが、いちばんの心配である。いちおう外付けハードディスクもあり、念のためにディスク、ＵＳＢにも保存はしておいた。データ移行の操作の手順はチェックし、プリントアウト済みなので、何とかなるのではと思っているが、何とかならなかったら仕方がない。これまでいちばん緊張しているけれど、万が一、失敗したとしても、新しいパソコンで仕事ができさえすればいいくらいに、考えるようにしている。

70 集中できる時間を把握する

若い頃は夜の十時すぎから朝の四時、五時まで起きていて、それで三十枚くらいの原稿を書き上げていたけれど、今はまったくだめである。ずっと夜型だったのが、ある時期から昼型に変わり、そのままずっとそのペースで過ごしているけれど、歳を重ねるにつれて、集中できる時間が短くなってきた。

一度の集中で書けるのは、最多枚数十二枚。最少二枚といったところだろうか。スケジュールぎりぎりの仕事は受けないので、締切に追われる状態ではないのだが、決められた枚数は書かないといけない。ぼーっとしていると、ずーっとぼーっとしていても平気なので、気分の切り替えが大事なのである。

書いていてこれは続けられないと感じたときは、さっさとパソコンの前から離れて、まったく関係ない作業をする。洗面所のシンクを掃除したり、部屋の片づけをしたりする。編み物や、襦袢(じゅばん)に半衿をつけたりすることもある。しばらくそんなことをしていると、中断した後の文章がぽっと浮かんできたりするので、再びパソコンの前に座って、キーボードを叩(たた)きはじめる。この繰り返しが、日によっては何度かあるが、パソコンに向かって原稿を書く時間は、一日にのべ二時間と決めているので、だいたい合計してそれくらいの時間になったらやめる。

集中が切れたとき、部屋にいたくない日もあるので、そんなときは老ネコにいちおう事情を説明してから外に出る。ふだんとは違うルートを気まぐれに歩いていたりすると、意外なものに出くわしたり、ネコだまりを見つけたりと、いい気分転換になる。そして家に帰ってまた仕事をする。ただ冬や夏は外出をすると、風邪をもらったり疲れたりと体調を崩す可能性もあるので、必要な外出以外はしないようにしている。

以前は仕事に飽きると、本を読んだりしていたが、最近は文字とは関係ない作業をするほうが、頭がリフレッシュするようだ。脳を使う回路が違うのかもしれない。集中切れとセットになっていた甘い物を控えるようになった当初は、こんなんじゃやる気が出ないとぐずぐずいっていたのが、食べなくても大丈夫だとわかった。うまく自分を調教すれば、何とかなるのである。そして集中しようとしてもできない日もあるので、そんなときは潔く仕事をするのはやめて休む。そのためには集中の仕方も大切だけれど、余裕を持ったスケジュールを自己管理するほうが、根本的に大切なような気がするのである。

71 アイディアは蓄積×偶然の産物

文章を書くときのアイディアはどのように浮かぶのかとよく聞かれる。たしかに原稿に穴を空けずに、三十年以上、仕事を続けられているのは、自分でも不思議な気がする。

小説の登場人物は、電車の中、スーパーマーケット、外を歩いていて見かけた人の姿から思いつくことが多い。相手はそんなふうに妄想されているとは、想像もしていないだろうが、その人の姿から勝手に、現在の生活、出身地、未婚か既婚か、会社での地位、性格、収入などを妄想して、キャラクターを創り上げる。

また本や雑誌を読んでいたり、散歩をしていたり、画集、写真集、DVDなどを見ているときに、記事の内容や、作品の内容とは関係がない事柄が浮かんできたり、ひとつの文章やひとつのシーンが浮かんできたりもする。それはなぜなのかわからない。

原稿を書くために、「何も浮かばない。何か考えなくちゃ」とむりやりひねり出そうとしたことは、一度もない。たしかに締切の十日くらい前になっても、何も頭の中にないことはあったし、いくら頭に浮かんだとはいえ、ストックは潤沢ではなく締切のたびにあせりはあるのだけれど、怪しいいい方になるが、締切に間に合うように、アイディアは突然、降りてきてくれるのだ。

当然、思いついたものは消費されるので、インプットしなくてはならない。しかし私の場合は、ネタ探しをしようとすると、その下心が災いするのか、余計にひらめきからは遠ざかっていく。探そうとしてもみつかるものではない。自分の今までを思い返してみると、普通に暮らしているのに、変な出来事、変な人に遭遇する率が高いのは間違いない。それによって私も迷惑を被る場合も多いけれど、仕事の面ではこの変な偶然性に助けられている。辛い出来事があって悔しい思いをする一方で、

「よしっ、これで一本、原稿が書ける」

と喜んでしまうのは、悲しい性(さが)でもある。

また子供の頃から雑多な本を読んできたのも、結果的にはよかった。どの本がどの文章に影響を与えたとはいえないが、読んできた文章の蓄積はどこかに残っているような気がする。本を読んでいなくても魅力的な文章を書く人はいて、そういう人は別の分野の蓄積を持っている。物を創る人は、体の中にこつこつと溜めてきた何かを持っていることが重要で、それと何らかの偶然の出会いがあって、アイディアに結びつくのだと思う。

72 忘れないためのちょっとした努力

昔に比べて明らかに記憶力が衰えてきているので、意識して忘れないようにしないと、あぶないことになる。忘れてもどうでもいい、芸能人の名前とか、本や映画のタイトルならいいのだけれど、そういったどうでもいいことばかり覚えていて、肝心な事柄を忘れがちになるのが怖い。

忘れないようにと、いつもメモ用紙を手元に置いていて、何でもすぐに書き留めておくのは、若い頃からの習慣になっていた。それで事足りていたのだが、歳を重ねるにつれて、その書いたメモを紛失してあたふたしたり、見つかったはいいが、自分が書いた字なのに、判読できずに首を傾げたり、しまいにはメモを書いたことすら忘れるという惨憺(さんたん)たる有様になってきたので、最近はメモではなく散らばる心配がないノートに書き留めておくようにしている。

事柄別に分けると面倒なので、順番にただ書き連ねていく。だいたいいつごろだったかというのは覚えているので、その記憶に従ってページをめくるとみつけられる。メモの紙はどこかにいってしまう可能性があるが、ノートが消えることはまずないので、この方法がいいようだ。

手紙をいただいて返事を書いたり、御礼の品を贈らなくてはならないとき、また掃除、物品整理など、しなくてはならないことを可視化するために、『無印良品』の「短冊型メモ　チェックリスト」を使って、ノートパソコンにはさんでいる。四角いチェック欄があって、用事を済ませたらここにチェックを入れると、優先的に済ませなくてはならない事柄が、どれだけ残っているかが一目瞭然なのだ。

若い頃は何もしなくても覚えられたが、さすがに今は覚えていると思っても、それを文字で書いてまた頭にたたき込まないといけない。それでもどこの穴から出ていっているのかはわからないが、頭の中から消え去っている。ただあわてふためくものの、すべてぎりぎりのところで思い出して事なきを得ているのは、運がいいからか、記憶が薄れているとはいえ、脳がふんばってくれているかどちらかだ。

これからますます記憶に関しては不安があるので、とにかくこまめに「書く」ことで対処している。ただしそれに頼るといけないと思い、買い物に行くときは買う物を決めてから、メモを持たずに家を出る。そして自分の記憶力を試しているのだが、たまにいちばん買わなくてはならないものを忘れたりして、家に帰ってがっくりするのである。

73 計画通り、希望通りではないからこそ人生は面白い

私は無計画な人間なので、人生設計など立てた記憶がない。ただ三十歳までに、自分一人を一生食べさせていける仕事をみつけようと、大学生のときに決めた。興味のある仕事は何でもやってみて、卒業後の八年間のうちになんとかしようと考えたのである。

私の人生ではそれが唯一の計画だったかもしれない。資格、家などを手に入れたい人は、計画をしたほうがより明確に達成できるかもしれないけれど、どちらにも興味がなかった私は、三十歳をすぎて、食べていけるようになってからは、何の枠ももうけずに、自分を放牧している感じである。

私の第一の理想は、最低限だけ働いて、あとは本を読んでいる生活だった。収入よりも定時に確実に終わる仕事が希望で、パートタイムで十分だった。学生時代にずっとアルバイトをしていた書店からは、卒業してからも来て欲しいといわれていて、心も動いたのだけれど、母親と弟から、アルバイトではなくきちんと就職しろと事あるごとにうるさくいわれ続けたので、しぶしぶ新聞の求人欄を見て試験を受けたら合格した。そうなったら最初は会社員として、給料、ボーナスをもらい、定年まで働かなくてはと思っ

ていたのだが、だんだん「ここは私には合わない」と感じるようになって、二十四歳までに六回転職するはめになった。

そのあげく、勤めたかった出版社に就職できたが、主な仕事は経理だった。ただ会社が出版している雑誌に原稿を書くと、給料とは別に単行本一冊分くらいの図書券がもらえるのがうれしくて原稿を書いていた。私にとって物書きは想像もしていなかった職業だったが、他の会社からも原稿を依頼されるようになったとき、編集の仕事に替わるか、そうなると勤務時間が不規則になって、原稿を書く時間がとれないので他社の原稿を書くのをやめるか、退社するかの選択になり、私は退社を選んだのだった。

人生は希望通りにならないときのほうが、自分に合った意外な面白い事柄が出てくる気がする。転職を続けていたとき、最終的には一社か二社には合格するのだが、最後に勤めた会社以外は、第一志望ではなかった。もしもそれ以前に、第一志望の会社にスムーズに入社していたら、今の私はいない。計画通りに進む人生は堅実かもしれないが、ひょっこり出て来る、予想もしなかった物事に出くわすのも、生きている楽しさのひとつではないだろうか。他人の足を引っ張らず、羨むことなく、地道にまじめに働いている人ならば、多少思い通りにならなくても、必ずいい方に向かうのは間違いないと確信している。

趣味・娯楽

74 忙しい日々の楽しみは

おかげさまでこの歳になっても仕事をいただいていて、それなりに忙しくしている。若い頃に比べて、原稿を書くにも少し時間がかかるようになり、一晩で三十枚の原稿を書き上げてあとは遊ぶということなど、とてもできなくなった。集中できる時間も短くなってきたので、毎日、少しずつ書き溜めている。

このような仕事のやり方だと、毎日、多少の時間のゆとりはあるが、長期間の休みは取りにくい。また家には留守番ができない、老ネコがいるので、旅行をするわけにもいかない。となると今のところの楽しみは、家の中、あるいは周辺でできるようなものばかりなのだ。

まず散歩は運動と楽しみを兼ねている。買い物ついでではなくても、ふだんとは違う道をぶらぶらと周囲の家を眺めながら歩く。そういったときにネコと出会うと最高なのだが、そううまくはいかない。住宅街のなかに面白そうな店があったり、こんなところにと驚くような路地の奥に、喫茶店があったりする。そういう店を見つけるのも楽しい。

家での楽しみは、和裁といった大げさなものではないが、襦袢に半衿をつけたり、二部式襦袢の替え袖や裾除けを縫ったりはしている。それらを全部プロに頼むと費用がかさむので、自分でできるものはやって経費を節減するためだ。半衿つけは五百円でしてもらえるという話も聞いたことがあるが、ひんぱんにつけ替えてもらうと、それなりに高くつくから、時間を見ては縫い付けている。

そして最近、また編み物が復活した。定期購読している雑誌に、認知症予防には受け身の趣味、たとえばテレビや読書、パズル、塗り絵などの結果が決まっているものよりも、囲碁、将棋、麻雀、楽器演奏、カラオケ、洋裁、和裁、編み物、絵を描くなど、結果が決まっていない自発的にするもののほうがよいと書いてあった。最近は目も充血しなくなったので、カーディガンとネックウォーマーを編みはじめている。カーディガンは太い毛糸でざくざくと編み、ネックウォーマーは細い毛糸でちまちまと編んでいる。いちばん復活させたいのは麻雀なのだが、せっかく覚えた役も点数計算もほとんど忘れてしまったので、また本を見て勉強しなおさなくてはならない。老ネコのために、今は外に出るのが思うようにならないけれど、いつかはまた卓を囲みたいと楽しみにしている。

75 趣味、これまでとこれから

これまで趣味としてやってきたのは、編み物、ピアノやエレクトーンなどの楽器。麻雀にもはまったし、四十代半ばから小唄と三味線をはじめた。編み物をはじめたのは、小学校の低学年だった。母親が棒針やかぎ針を手に毛糸を編んでいくと、一本の糸が手袋、靴下、セーターなどになるのが面白く、自分も作りたいと思ったのがきっかけだった。

ピアノは小学校に入学する前に、知り合いの芸大の先生に勧められ、親に教室に連れていかれたのである。ピアノは大好きだったが、残念ながら私の手が小さくて、子供心にソナチネあたりから自分で納得できるように弾けなくなったので、小学校四年生のとき、引っ越しを機にやめた。高校に入ってエレクトーンも習ってみたけれど、三年足らずで飽きて長続きしなかった。

その後は細々と編み物は続けていたものの、中年になって再び楽器を弾くお稽古をしたいと思い、興味があった小唄と三味線のお稽古に通うようになった。クラシックピアノに再度挑戦することも考えたが、まずピアノを購入しなくてはならないし、相変わらず手の小さい自分には無理と判断して、三味線を選んだ。三味線は西洋音楽とは異なり、習うのは楽譜からではなく、師匠からの口伝なのが、中年の私の脳を活性化してくれた。そんな三味線も母親が病気で倒れてから、おさらいをする時間を割くのが難しく、長期欠席状態になっている。

実は三味線については、皮にネコやイヌのものが使われているのがひっかかっていた。プロの方が音質を求めて使うならともかく、趣味でやっている私は胸が痛み、正直、やめようと思っていた。しかし技術の進歩は素晴らしく、試しに最近の合皮の稽古用三味線を購入してみたら、格段に音質がよくなっている。これでネコ、イヌに迷惑をかけなくて済むとわかり、お稽古は休んでいるが三味線へのテンションはますますあがってきた。一時、はまっていた麻雀もまたはじめたいと、望みだけは多いのだ。

私の周囲では、偏差値の高い学校を出ている人ほど、無趣味という人が多い。親の教育方針で勉強一筋。趣味は邪魔なものだったらしい。暇なときに何をしたらいいのと聞かれるのだが、そういう人は気の毒だ。そのときはできなくても、自分が面白そうだと感じていること、興味の持てることはチェックしておいたほうがいい。中高年になって趣味があるかないかは、人生を楽しむうえで、大きな差になると、私は思っている。

76 趣味の時間は三十分×一日二回まで

今の自分の趣味は何かと考えてみると、読書、和裁、編み物を含む手仕事、三味線といったところだろうか。三味線を習っている頃は、お稽古の日が決まっていたので、その日は朝からお稽古場に出向き、午後に家に帰っていた。その日は脳みそが疲れているので、習ったところをさらったりはせず、おさらいは仕事の合間を見て、三十分と決めてやっていた。三味線に減音のための忍び駒をつけているとはいえ、夜に音を出すのは憚(はばか)られたので、日が落ちない時間に練習し、お稽古を休んでいる現在も、自主トレは日中のみである。

私は外出しない日は、ほとんど判で押したようなローテーションで過ごしている。午前中に家事を済ませてから仕事。読書は仕事と関係するので、区分けが曖昧になっているのだが、パソコンの横にはいつも小説、エッセイ、漫画、写真集を含めて何冊か本が積んであって、キーボードを打つのに飽きると、適当に手に取ってぱらぱらとその場で読む。ソファに移動すると、一気に仕事モードが消滅するので、それを避けるためだ。三十分ほど読んでいると、

「ほら、とっとと仕事に戻らないと、締切に間に合わなくなるぞ」

という声がどこからか聞こえてくるので、本を閉じて仕事に戻る。続きが読みたいときは、夕食の後に読むこともある。

手仕事の場合も三十分と時間を区切ってやっている。寒くなると編み物をするのだが、夏場は毛糸とは縁遠くなるので、和裁が主になる。着物で出かけるときには、長襦袢に半衿をつけなくてはならないので、その時間を取る必要がある。長襦袢に衿芯と半衿をつける時間は十五分くらい。このときは床に座布団を敷いて、その上に座って作業をする。やる気になっているときは、他の襦袢にもとりかかるけれど、やる気がないときは襦袢一枚分だけにして仕事に戻る。

袷の着物の寸法直しはできないけれど、単衣や襦袢の寸法直しはするので、それも三十分の範囲でできるだけしかやらない。途中でもやめて仕事に戻る。その三十分が一日に一回のときもあるし、二回のときもある。三回やりたくなったら、その日は仕事をする気がないというわけで、仕事に集中するように努めるしかない。私にとって、趣味に割く時間を区切っているのは、仕事よりも好きな趣味に、雪崩状にのめりこまないためのストッパーなのである。

77 もう一度挑戦したいこと

これから新しく挑戦したいことは特にないけれど、中途半端になっている、小唄と三味線のお稽古は再開したい。母の具合が悪くなったのが二〇〇八年で、それ以来、ばたばたし続けているので、ずっとお稽古はお休みしているのだ。

二〇一一年、母の状態も落ち着き、これでお稽古に行けるかと思っていたら、今度は心臓に悪い部分が見つかり、また入院が必要になった。その病院では洗濯を業者に委託するシステムがなかったので、私は往復二時間以上かかる道のりを、週に最低三回、洗濯物を抱えて通った。退院後はリハビリ病院に入院した。こちらは面会のために、往復三時間かかる距離を、週に二日通った。これも結構辛かった。仕事をするのが精一杯で、お稽古を再開できるような状況ではなかった。現在母は施設に入っていて、今のところ体調は安定しているけれど、高齢なので何か起こった場合、またお稽古が中途半端になると、二の足を踏んでいる。

考えてみれば、最初にお稽古をはじめたのが二〇〇〇年で、二〇〇八年に中断したので、中断してからのほうが長くなってしまった。最初の頃に買った三味線二丁は桐製の三味線立てに収納しているものの、すでに両方とも胴の皮はばっくりと裂けている。最近は合皮を弾いているが、一週間に一度は、音はひどいながらも、こちらもそのまま弾いている。習っているときでさえ、

「一日おさらいをしないと、三日戻る」

といわれていたのに、一週間に一度程度では、当時の感覚が戻るわけもない。勘所も曖昧になっているし、暗譜していたはずなのに、途中で気がついたら別の曲になっている。短い曲だから覚えていて、長い曲だから忘れているというわけでもない。発表会の舞台で弾いた曲はとても長いのだが、そういう曲は最初から最後まで頭に残っている。そうでない曲はころっと忘れている。師匠からは、一曲百回といわれ、どの曲も百回弾けば体に入ると教わったが、発表会で弾いた曲はそれに近い回数さらっていた。きっと覚えたときの集中力が違っていたのだろう。

あまりのひどさに、自主トレだけでは無理というのがよくわかった。先生という立場の人に教えていただき、緊張する場に身を置かないと、体で覚えられない。どれだけ戻せるかわからないが、教えていただいた曲は、みな弾けるようになりたいというのが、いちばんの願いである。

78 最近はテレビよりラジオ派

昔はテレビを朝から晩までつけていたが、ここ五、六年はずっとラジオばかりである。それでも朝、起きたときは無意識にテレビをつけるのが習慣になっていたが、楽しみにしていた『めざましどようび』の「どようびのにゃんこ」コーナーが急に打ち切られてしまったので、番組を見るのはやめて、朝からラジオ派に変わってしまった。ラジオは、仕事をする食卓においてあるもの、どこでも聴ける四角い小型のペットボトルみたいな形のもの、寝ているときに地震があったときの情報収集のために、ベッドの枕元に置いてある手のひらサイズのものがある。CDプレーヤーにも内蔵されているし、ノートパソコンでも聴けるので、数えてみたら五個あった。

日中はずっとラジオをつけているけれど、晩御飯の後はネコを膝の上に乗せて、Eテレの『0655』と『2355』を毎回録画しているので、それを見たり、好きな番組、DVDなどを見たりする。それが終わると膝の上で寝ているネコと一緒に、ぼーっとする。ラジオをつけたり、音楽を聴きながらだったり、何かしら音は流している。テレビを見る時間は、一日、だいたい二時間くらい。たまたま興味のある番組が重なったときは、録画してあとで見るのだけれど、その時間よりも録画する分量のほうがはるかに多いので、録画が増えすぎて、見ないまま消去してしまうことも多いのだ。

ラジオは映像がない分、物足りないような気がするけれど、聴いてみるとテレビよりはるかに面白い。特に話し手の好き嫌いがはっきりする。テレビだったら、出演者の表情や仕草などが目に入るので、それで印象操作されるけれど、ラジオは声だけでの勝負なので、その分、人となりがさらけ出されるメディアだと思う。

テレビは、こいつ嫌いなんだよなと思っても、他の映像も映るので何となくごまかされて見てしまうけれど、ラジオでは耐えられない。この人は好きじゃないと感じたら、すぐに他の局に替え、その人がいなくなった頃合いを見計らって戻ってくる。ＡＭラジオの番組がＦＭ放送でも聴けるようになったので、このへんの操作がとても楽になったのがありがたい。ラジオは意外な人の声が素敵だったり、マイクを向けられた一般の人々の話が、妙に面白かったりと発見も多く、現場の状況を想像するのも楽しい。私にとってテレビは生活になくてもいいが、ラジオは欠かせなくなっている。

79 インターネットは一日三十分まで

インターネットには、午前中に仕事をはじめてから終わるまで、ずっと接続している。しかし今は自分の好きなサイトを見たり、メールをチェックしたりする時間は、一日合計三十分と決めている。インターネットをはじめたときは、ネコ、着物、三味線、編み物など、興味のあるサイトがたくさんありすぎて、目移りして大変だった。仕事をしなくてはならないのに、午前、午後とネットサーフィンで終わってしまったこともある。驚くほど早く、時間が経ってしまう。将来ある若い人ならば、どうってことはないかもしれないが、中高年になると、自分の人生の残り時間の問題もあるので、優先すべきものを優先し、その残りで楽しむほうがいいのではないかという結論に達したのである。そこで、見るサイトを厳選して時間も区切った。子供がゲームで遊ぶ時間を決めてけじめをつけさせる親がいるが、それと同じで、結果的にこの方式はよかった。

朝、起きて食事を済ませると、インターネットに接続する。お気に入りのネコ関係のサイト等を見、メールをチェックして、必要なものには返事を書く。サイトを見てもコメントなどは一切しないし、ツイッターやフェイスブックのアカウントも持っておらず、ただ眺めているだけだ。あとは原稿を書くためのソフトを立ち上げて、ずっとパソコンは使っているが、書いている途中で調べ物が出てきた場合は、まず辞書のページをめくり、それで思わしい結果が出なかったときは、インターネットで検索する。遅くても夕方六時には、パソコンの電源を切るので、それ以降にメールをもらうと、返事が翌日になってしまうのは、申し訳ないと思っている。

世の中のスマホ依存症の話を聞いて、最初は信じられなかったが、あれだけ歩きスマホの人たちがいるのを見ると、本当なんだと納得する。ないと絶対に困るものを作ってしまうと、いちばん困るのは自分ではないかと思うのだが、目の前にある小さな画面の誘惑に負けてしまうのだろう。どこかで線引きしないと、ずるずると続けて生活のけじめがつかなくなってしまう。たしかにのめりこむ時期もあるだろうが、自分をコントロールできないのは問題だ。それも彼らの人生の選択の一つなので、他人がとやかくいう筋合いではないが、やはりインターネットがすべてになってしまう生活は、ゆがんでいるとしか思えないのである。

80 書店は発見の宝庫

うちからいちばん近い図書館が、リニューアルしてきれいになったとたん、どういうわけか借りたい本がなくなったので、最近はほとんど図書館には行っていない。もう一か所、散歩ルートの途中にも図書館はあるのだが、昔借りた本が読みたくなって、また行ったらすでに棚になかった。蔵書検索をしてもヒットせず、地域の中央図書館の保管庫にもなかったので破棄されたらしい。こういうケースが度重なり、図書館からは足が遠のいてしまった。

近所に二か所ある書店には一週間に一度くらいのペースで行っている。ただ個人書店がすべてなくなってしまい、二か所のどちらもチェーン店なのが問題ではある。以前は、資料も含めて、まとめて本を購入するために通販を利用していたが、最近は資料が必要な仕事もしなくなったし、本を処分し続けているので、一度に十冊以上買うこともなくなってきた。それにつまらなくなったとはいえ、それでも書店に行くほうが、意外な発見があって面白いのである。

書店に行くと、とりあえず端から端まで見ていく。すると、こんな本が出ているのかと、お宝を発掘する楽しみもあるし、まったく興味のないジャンルでも、面白そうな本が見つかったりする。絶版になった本が他の出版社から再発行されていたりするので見逃せない。

ネット書店は、興味のあるジャンルを検索すると、とりあえずはずらっと出てくるけれど、データがあるものが並んでいるだけで、そこからこぼれているものは目に触れない。こちらはその中から選ぶだけで、楽な反面、本を手に取って選ぶ楽しみは奪われる。一時は版元もネット書店の画面で目立つのを優先したのか、文芸書の装幀（そうてい）とはいえないような本がたくさん出ていたが、最近はまた装幀に凝った本も出てきたので、その現物を見るのが楽しみでもある。

昔と違い、今は一度に自分の手で持てる範囲の重さ分しか買わないようにしているので、書店の店頭で購入するので十分だ。買おうと決めている本があっても、店頭で現物を手にして中を確認すると、読まなくてもいいかもと購入をとりやめたり、その逆に偶然、書店の棚にあるのを見て、買うのを決める本もある。本は買う買わないにかかわらず、手に取って触れる楽しみが大きい。それは図書館も同じかもしれないけれど、近所の図書館の蔵書には、手に取りたくなる本が皆無になってしまったのが、私にはとても残念なのである。

81

旅はお休み中

思いがけなく十九年前に子ネコを保護して同居するようになってから、この子がお留守番ができないタイプだったので旅行には行っていない。その前は最低でも一年に一度は海外に行っていたのに、十九年間、ただパスポートを更新するだけで終わっている。

今まで仕事とプライベートを合わせて、海外には九か国しか行っていないが、どこもとてもよくて、二度と行きたくないといやな思いをした国はない。どの国の人もとても親切だったが、出会ったたくさんの人のうち、フランス人の女性二人は、とても感じが悪かった。しかしそれを傍らで見ていて、謝りながら助けてくれたのもフランス人の女性だったので、それで相殺されて印象は悪くない。

行ったなかで特に気に入ったのは、イタリアのポルトフィーノである。小さな漁村で当然、海があり、そして緑が多い丘があるといった地形で、観光地ではあるがとても静かなところだった。丘の上にある「ベルモンド ホテル・スプレンディード」に宿泊したが、その古いホテルはとても趣があり、景色も素晴らしかった。

海は透明度が高く、タコがいるのが見えた。離れた場所ではダイビングをしている人もいた。漁港では五歳くらいの旅行者の男の子が、次々と小魚を釣っていた。すると背後でネコが待っていて、彼は釣った小魚をネコの足元に投げてやる。ネコがまだ動いている魚をくわえて走り去っていく後を追いかけていったら、建物の陰で子ネコたちが待っていて、その子たちが新鮮な魚を食べているのを目撃した。他にもたくさんのネコがいて、私にとっては天国のような場所だった。

ホテルのテラスで食事をしていると、鳥が飛んできて鳴きながらじっとこちらを見ている。ウェイターも追い払う気配がなく、いつも来てるといった風で、にこにこしている。パンを投げてやるとそれをくわえてどこかに飛んでいき、またしばらくすると戻ってくる。決してテーブルの上にはやってこないところが、節度をわきまえていた。何十年も前のことだが、鮮明に覚えている。

旅行は私にとって日常のなかの非日常というか、気分をリフレッシュする行為だ。うちの老ネコを見送ったら、海外はちょっと無理かもしれないけれど、国内旅行はしてみたいと思っている。しかしそれを楽しみにしていいものかどうか、私にとっては正直、微妙なところなのである。

82 写真や手紙、思い出の品の整理法

最近は撮影後に、プリントしたものではなく、画像で送ってもらえるので、写真自体が増えることはなくなった。その画像も面白動物とか、自分や友だちの着物姿とか、うちのネコとかばかりなので、プリントアウトせずに、データのままになっている。ただ画像がなくなるのはいやなので、外付けのハードディスクにも保存してある。問題なのは、以前カメラで撮影してプリントしてもらった写真類なのである。

昔、フィルムカメラで撮影した、旅行の同行者と写っている記念写真や、各国の景色や動物、うちのネコの写真などは、すべて葉書サイズに焼いてもらったので、縦十九センチ、横十三センチ、高さ十センチの箱ひとつにまとめて入れてある。また大昔に写真が趣味だった父親が撮影した、私の赤ん坊からの子供時代の写真は、まとめて大きな紙袋に入れてある。

以前は写真類はアルバムに貼っていたのだけれど、かさばって仕方がないので、全部剝がして箱と袋に入れるようにした。不要品処分の際には、大きなものではないのでこれらには手をつけなかったが、箱に入れてある写真は、中身を点検したらもっと少なく

なるはずで、特に自分の写真はどうでもいいので捨てるつもりでいる。

いただいたカードや手紙類も箱にひとまとめにして入れてある。五年ごとに見直して、古いものから処分している。最初はすべて取っておいたのだけれど、増える一方なので、申し訳ないがいちおう年月で区切って処分させていただいている。

思い出の品といっても、それは私の個人的なもので、私がいなくなったら、そんなものを残されても、周囲の人々は処分に困るだろう。写真、手紙類など、個人的なものは早めに処分したい。自分一人が写っている成人以降の写真は、これから見たとしても、

「このときは元気で若かったわね」

くらいにしか思わないだろうし、歳を重ねた今では思い出というよりも、どうあがいても戻ってこない自分を見せつけられるようなものだ。しかし幼児、子供のときの写真には愛着があって、手をつける勇気は私にはまだない。写真も手紙類も箱や袋につっこんであるだけで、それは処分前提の一時保管場所にすぎない。箱や袋ごと捨てれば済むのだが、ただいつそれを決行するかは考慮中なのである。

83 楽しいステーショナリー選び、苦手な手紙書き

私は切手が好きだが、手紙を書くのはとても苦手だ。便箋、カード、葉書などのステーショナリーを選ぶ場合、柄も大切だけれど、便箋であれば太罫か、ラインが引かれた下敷き用の紙が添えてある、自由に字の大きさや行間を決められるタイプを選んでいる。絵柄のある葉書は書く文字数を減らすために、図柄の大きい物を選ぶ。しかし目上の方に手紙を出す場合は、きちんとマナーにのっとったほうがいいので、紙質のいい昔からある定番の便箋と封筒のセットを使うようにしている。

友だちの場合は前文などを省略しても許されるけれど、目上の方にはそういうわけにもいかず、かといって決まり文句のような時候の挨拶もいやだし、どうしたものかと悩んでいたが、愛用している辞書に、月ごとの手紙文の挨拶例などが載っていたので、それを眺めながらアレンジしている。

私は手紙文を書く辛さを少しでも緩和しようと、ステーショナリー選びに逃げているような気がする。専門店はもちろん、デパートのコーナーでも、つい立ち寄ってしまう。柄入りの便箋と封筒のセット、カード、和紙の葉書、絵葉書など、季節感重視で購入す

る。おまけに季節の花や風物、動物、静物を象(かたど)った文香(ふみこう)も好きなので、それらにも手を出す。

　ふと横を見ると、封筒に封をするための、かわいいシールもある。もちろん無視できない。知人に出すために、イヌ、ネコ、その他の動物、植物、仏像、こけし、「封」の字などを購入してあって、相手の好みに応じてこちらも選ぶ。面識のない方には季節のものか、いただいた手紙や葉書に柄があれば、そこから好みを推測して選んでいる。こんな状態で購入したり、プレゼントされたりしたものが溜まっていき、消費よりも在庫のほうが上回っているので、高さ七十センチのキャビネットの引き出し四段のうち、三段がいっぱいになってしまった。

　字を書くときはできるだけ大きい文字でゆったりと書いて、字数の少なさをごまかしている。長文を書くとぼろが出るので、なるべく短く簡潔な文章で、こちらの思いが伝わるように四苦八苦している。引き出しのステーショナリー類を見るたびに、もう買う必要はないと十分わかっているのに、外出先で目にすると、吸い寄せられるように近づいていく。意に反して足が勝手に動くのである。ステーショナリーを選ぶエネルギーの一割でもいいから、手紙を書くパワーに向けられないものかと、いつも反省するのだ。

人間関係

84 「だめな私」と感じたときは

これまで人と比べて落ち込んだことがあるかというと、ほとんどなかったような気がする。落ち込んだ経験はあるけれど、それは特定の人に対するものではない。世間の人々とか、もっと大きな括りと比較して、

「だめな私」

と感じたことはあるが、○○さんに比べて私はだめだと、個人的に知っている人に対して、そういった感情を持ったことはない。能天気なふだんの性格について、だめな私を思い知らされたことはあるかもしれないが、それで泣くとか、悔しい思いをするとかは、皆無だった。だめな私と感じても、その気持ちは長続きせずに、すぐに忘れるからである。

もともと私は世間でいう平均的な家庭に生まれ育っていないので、人と比べていたらキリがなく、そんなことをしても意味がないと、わかっていたからかもしれない。たとえば勤め人だったり商店を経営していたとしたら、同じ立場で給料であるとか、売り上げであるとか、ひいては生活ぶりを比較して、「あの家は収入が高そうなのに、それに

比べてうちは低い」「あの人たちに比べてうちはまし」というような感情がわくかもしれないが、うちの場合は、父親は私が子供の頃は絵を描いて生計を立てていて、近所にそんな家庭はなかった。もともと周囲の家とは違うという認識があったので、比較する理由が何もなかったのだ。

人と比べて落ち込むのは、その相手と同じ土俵に立ったときに、自分にマイナスなところがあるという場合なのだろう。能力、容姿、人柄、財力など、比べようとしたら、数え切れないくらいチェックできる部分がある。おめでたいかもしれないが、私の場合は同業の人々に対して、業績をあげたり、こつこつと地道に自分の仕事を続けていたりする人を知ると、「それに比べて私は……」と思うのではなく、単純に「すごいなあ」と感心してしまう。

落ち込むより、面と向かってではなくても、心の中で相手を褒めてあげるほうが、自分も気分がいいと思う。自分をマイナスにするよりも、相手にプラスをつけてあげる。マイナスは自分を成長させる糧にはなるが、比較ばかりして落ち込み、それだけで終わってしまってはどうしようもない。無駄な落ち込みはしないで、そう感じたことがあったとしても、相手を褒め、おいしいものを食べて、よく寝ればいいのではないかと思うのである。

85 困ったことをされたときは

行きずりの人から嫌なことをされた場合は、もう二度と会うことはないので、腹の中で呪ったり、馬鹿にしたりもできるが、少しでも顔見知りだと、後の対応に困る。私の場合も困った人がいて、いったいどうしたものかと悩んだ経験がある。その人は自分が考えた事柄が、明らかに事実であると思い込むタイプだったらしく、それが人間関係において、不愉快に感じる内容ばかりなのである。私の母が病気で入院したときも、幸い、軽度だったという話をしたら、

「ああ、最初はそうでも、だんだんひどくなるんですよ」

といわれた。またあるときは、夫が高収入の自由業、妻が会社員の知り合いの夫婦について、

「結局、彼女は夫の収入に依存してるんでしょ」

と私にいった。私はそうではないと知っていたので、「さあ、どうでしょう。違うと思いますよ」といったのに、その妻に対して、「群さんは、あなたは夫に依存しているっていってましたよ」などといったりする。性格が悪いというよりも、そういったこと

をにこにこしながら話すので、基本的に何か問題があるような気がしてきた。周囲の話を聞くと、その人の言動によって不快な思いをした人が多くいるとわかり、それ以来、私は距離を置くようにした。

もっと親しい友だちの場合は、きちんとその場で、そういう言動は私には不愉快であるという。もしもそのときの状況でいえない場合は、後日、あらためて、「あのときのあなたの言動は不愉快だった」という。そうしないといやな気分が、ぐるぐると体内に渦巻くので、とてもよろしくない。それは吐き出すに限る。それで交友関係が壊れたのなら、それまでの関係で、終わりにするしかない。

仕事の際もトラブルがあったら、はっきりとそれは困ると当人に直接話す。当人だけでは問題が解決できないほど、トラブルが大きかった場合は、上司にも話して対応してもらう。私はこれまで三人の男性の編集者に担当をやめてもらったが、その理由は彼らのしたことが、仕事上のミスというよりも、人としてとても問題がある行動だったので許せなかったのだ。生きているとトラブルが起こることもあるけれど、何でも嚙みつけばいいわけではないし、節度も必要だが、きちんと相手に不快であるという自分の意思を伝えるのはとても大切だと思っている。

86 挨拶と会釈から始まるご近所付き合い

今の場所に引っ越してきて、二十年以上経った。建売住宅が増えて町内の景色も変わり、顔なじみのお年寄りで亡くなられた方も多い。私が引っ越してきてから二年ほど経って、ベランダの向かい側の建売住宅に、若い夫婦が引っ越してきた。赤ちゃんが生まれ、その男の子は家の中でギャン泣きと大暴れを繰り返していた。小学校高学年から中学生にかけては、うちのベランダにいるネコめがけてBB弾を撃ったりと、とても迷惑だった。しかしそんな彼も今は大学生である。といってもその一家とは親しくしていない。

挨拶をするのは私と同年輩か、それ以上の世代の、昔から住んでいる方々である。以前、わざわざ自宅のガレージから車を出してスペースを空け、大きなお皿にキャットフードを入れて、近所で暮らしていた二十一匹の外ネコたちに御飯をあげている老夫婦がいらした。そのご夫婦とはネコつながりで、いちばん話をしたかもしれない。ネコたちが御飯を食べるのを眺めながら、彼らとよく雑談をしたものだった。しかし外ネコの数も激減し、優しいおじいさんも亡くなった。彼は勲章をもらった教育者の方で、奥さんはその後、施設に入所したと知り合いから聞いた。

マンションの玄関の向かいの洋館に住んでいる女性とは、顔を合わせると挨拶をする。彼女がうちのマンションの一階にある駐車場に車を置いているので、何度か顔を合わせたからだ。私よりも七、八歳上の感じだが、背がすらっと高く、スタイルもセンスもよく、お話ししたことはないのだが、絶対、若い頃に芸能界か、宝塚か、モデル業界にいた方なのではないかとにらんでいる。

ご近所でよく顔を合わせる方とは、

「こんにちは」

と挨拶をしたり、会釈をしたりする。しかし挨拶は、片方が一方的にすると妙にきまずいものだ。お互いに気を感じるといった大げさなものではないが、阿吽（あうん）の呼吸で、「ん？　挨拶される気配が……」と感じて、頭を下げる。相手も挨拶して下さると、ああ、よかったとほっとする。会釈をしても、多くの若い人たちは、けげんな顔をしたり知らんぷりをしたりするので、相手にその気がないと成り立たない。名前は知らないし、どの家に住んでいるのかもわからないけれど、道で出会うだけのご近所の顔見知りの人たちに挨拶をするのは、見知っているのに知らんぷりするよりも、ずっと気分がいい。

87 ネコの喜びは私の喜び

うちのネコは二〇一八年の三月に、二十歳になる。超高齢ネコと呼ばれるらしい。先日はマンションの隣室の友だちの部屋にベランダづたいに侵入して、友だちと顔を合わせたとたん、大慌てで逃げ去り、友だちがそれを動画にした。映像を見た人が、

「とてもそんな年には見えない」

といってくれたそうだし、獣医さんにも、

「元気ですねえ」

と感心される。

しかし私の目から見ると、さすがに年を取ったと感じるところもある。柄の黒い部分に白髪も出てきたし、たまに押し入れの上段へのジャンプが失敗しそうになったり、ベランダで日を背中に浴びて、舟を漕いでいる姿を見ると、さすがに年齢には勝てないなと思う。が、一般的に見たら若く見えるし、元気なほうだろう。

老ネコが元気なのはうれしいが、私はネコと暮らしはじめてから旅行をしていない。一度、同居して間もない頃、母親と京都に一泊旅行をしたとき、隣室の友だちに世話を

お願いしたのだが、家に帰ってきたとき、ネコの様子がおかしかった。名前を呼んでも無反応でぼーっとしている。あれこれ考えたあげく、私の帰りを寝ないで待っていたとわかり、寝るから「寝子（ネコ）」になったという話もあるのに、そのネコが寝られないなんて、そんな大変なことがと驚き、それから旅行は一切やめた。ペットシッターさんと顔合わせをしたこともあったが、うまくいかなかった。またある時期から、夜にひとりでいるのをとても寂しがるようになったので、夜の外出も自粛した。

なんでそんなにネコ中心なのかと、聞かれることもあるが、ネコのほうが私よりも寿命が短いからである。家ネコは平均十五年生きるといわれているが、長いようで短い。だから生きている間は、多少、こちらの生活は犠牲にしても、ネコが少しでも快適に過ごせるようにしてやりたいのだ。ネコが機嫌よくうれしそうにしているのが、私の喜びでもある。

しかし問題は、その当のネコが、私の気持ちに感謝する気配もなく、当然といった顔をしていることだ。特にうちのネコは女王様気質なので、私はただの僕（しもべ）にすぎない。気に入らない御飯を出すと、じーっと冷たい目で見られ、朝、起きるのが遅いとわあわあなじられる。いったい何でと虚（むな）しくもなるけれど、この子の一生をきちんと看取るのが私の務めと、じっと耐えているのである。

88 友人に学ぶ丁寧な暮らし

どうも私は、きちんとした丁寧な暮らしをしていると勘違いされているようだ。以前も取材でそういわれ、

「丁寧な暮らしなんかしてませんよ。結構、だらしないし」

といったら、

「でも食事を三食作っていらっしゃるじゃないですか」

といわれた。たしかにそれはそうだが、それだけで丁寧な暮らしをしていると思われると、本当に困ってしまう。

ベランダや室内に放置していた不要品がトラック一台分あったし、通販の段ボール箱をそのままにしておいたら、物を置くのに都合がよく、そのまま家具化してしまったし、基本的にだらしがないのである。

冬、いちいち服を脱ぎ着するのが寒くて面倒くさいので、下着もろとも上に着ているカーディガンまでえいっと一気に脱いで置いておき、朝起きてまたそれを一気に着たとき、

「あーあ、丁寧な暮らしなんかしてないんだけどなあ」

と思う。この方式で脱ぎ着をはじめた当初は、変なところに手をつっこんで着直したりしていたけれど、だんだんうまくなってきて、一発で脱ぎ着できるようになった。うれしいけど情けなくもある。

私の購入する服に対してアドバイスしてくれた、ファッション関係の仕事をしていた友だちのご夫婦は、文字通り丁寧な暮らしを実行している。食事は食材から吟味してきちんと作っているし、メゾネットタイプのマンションの部屋も、素敵に設(しつら)えられている。広いリビングダイニングルームには大きな食卓、大きな扉つきのキャビネット、あとは大型テレビとリクライニングチェアくらいしか置いていない。どれも海外の有名家具である。ごちゃごちゃと小さめの家具を並べて置いていないところが、すっきりして清々(すがすが)しかった。

キャビネットの上には、花、写真立てなど、細々(こまごま)した飾り物も置いてあったけれど、そこだけにしか置いていないので、目障りにならない。私の部屋は特に大きな家具はないが、そこここに置いた細かい物が目につくので、片づいた感じがしないとわかった。雑多なものを、あちらこちらに置かないようにしようと思ったのだが、現状としてまだまだ不要品を捨てなくてはならない状態に、頭を抱えているのである。

89 結婚について思うこと

若い頃は結婚というものは、まず自分一人を食べさせられる経済力を身につけてからの話と考えていた。それは働くことを禁じられていた母が、いかに父から一人前に扱われていなかったかを、いやというほど見せつけられていたからだった。いざ社会に出て働くと、あいにく周囲の男性たちは、パートナーが結婚後もフルタイムで働くのを望んでおらず、やっと経済力がついたら、私のほうが収入が多いと敬遠された。どうしても結婚したいのであれば、相手を探しもしただろうが、そんな気もなかったのでずっと独身である。同居は精一杯がんばって植物、イヌ、ネコまでで、人間との同居は同性でも難しいのがわかった。異性はなおさらである。

私の周囲には子供がいない同年輩の夫婦がいるが、とても仲がよくていいなと思う。それは彼らがお互いに必要な人だから、結婚をしたのだろうし、私はパートナーは必要ないと判断したので結婚しなかったのだ。

私が若い頃は、結婚してフルタイムの仕事を続ける女性は少なかった。ましてや子供を産んで働き続けるというのは、母親が助けてくれるとか、補助をしてくれる人がいてのことで、働く女性に対しては、とても風当たりが強かった。いつまでも独身でいると、適齢期が重視されていたので、あれこれいわれた。独身でも結婚していても、女性への風当たりは強い時代だった。

これまでの人生で、結婚していればよかったと思ったことは一度もない。子供が欲しければそれなりに相手を見つけたほうがいいと思うけれど、私は子供を欲しいと思わなかったし、万が一、産んだとしても補助をしてくれる人もいなかったので、いわゆる女の幸せはすべて放棄した。

この年齢で結婚していないと格好悪いといった、外から見た家族という形を整えるための結婚だったら、しないほうがましだ。それは見栄(みえ)でしかない。結婚生活は楽しい事柄ばかりじゃないのはわかるが、自分の現状について既婚者が文句をいっているのを聞くと、口に出してはいわないが、「あんたが決めたことだろうが」といいたくなるのだ。

自分の人生は自分で責任を持って物事を選択し、決めなくてはならない。他人に何といわれても、自分で考えて決定したので私は満足している。結婚している、いないにかかわらず、自分で満足できる生活を送っているのかどうかが重要なのだ。

90 家族であっても別人格

今は子供が大学生になっても、入学式や卒業式に親がくっついてきたりして、親子がとても仲がいいようだが、私の家は昔から、親子がべったりしたところがなかった。まず両親が不仲だったし、私が子供の頃は、父対母・私・弟といった図式ができていて、父が家族の間で浮いていた。いばっているくせに、生活費すら家に入れないのだから、それも当然だろう。後年、私と弟の貯金にまで手を出したときには、呆れるのみだった。怒りもわいてこず、「やっぱりね」とうなずいていた。それほど親子としての信頼関係が崩れていたのだ。

両親の離婚後、勤めはじめた母と、大学生の私と高校生の弟で暮らしていたときが、いちばん家族関係がうまくいっていた。ところがその後、私がひとり暮らしをし、物書きとして生活しはじめてから、バランスが崩れはじめた。今度は私対母・弟といった図式になり、私が彼らの財布がわりをさせられる状況が、二十年以上続いたのである。

母と弟はふだんはお互いに文句をいい合っていたくせに、私に物品をねだる段になると、結託して攻めてきた。そのとき私は、同じ家族なのにどうして考え方が違うのだろうかと悩んだ。家族の一人が平均よりも高い収入を得ているとわかったとたん、あんなにつましかった母も、おとなしく善良な性格と思っていた弟も豹変したのである。私は驚いたが、彼らはもともとそのような性格を持っていて、私がわからなかっただけだったと考えるようにした。老齢の母には今さらどうこういうつもりはないが、弟に対しては我慢の限界がきて、先日、絶縁をいい渡した。

必要以上に広い実家を建てたとき、金額を負担した比率のまま、名義上は私が三分の二、弟が三分の一を所有したのだが、築二十年になるのに、いまだに私は合鍵をもらっていない。何年もの間、何度弟に催促しても無視されたので、怒りのメールを送ったところ、「どうしてあんたに渡す必要があるのか」と返事がきたので、私がぶち切れたのだ。体が悪くなっても私は一切、あんたに面倒を見てもらいたくないし、私もあんたの面倒は一切見ないと引導を渡した。

血のつながりは大切かもしれないが、家族であっても別人格だ。母、弟ではなく、そういう「人」なのだ。これも人生勉強のひとつかもしれないが、私は好きじゃない他人にするのと同じく、嫌いな身内には近寄らないことにしたのである。

91 歳を重ねて考える、親戚との付き合い方

私が二十歳のときに両親が離婚しているため、父方の親戚とはまったく付き合いがない。母方の親戚とは手紙などのやりとりはするけれど、離れて暮らしているので積極的な交流はない。ただ数年前にいとこの娘が音楽大学に入学し、家族以外の保証人が必要になって、私が保証人になった。二十数年ぶりにいとことメールをやりとりしたが、私の弟はいとこたちの名前も知らず、母親の兄弟姉妹の名前も知らない。それで問題がないくらい、親戚付き合いは密ではないのだ。

母親は自分のきょうだいなので、こまめに連絡を取り合っていて、○○ちゃんの息子が高校に入ったそうだとか、△△ちゃんの娘は留学したらしいとか、親戚情報を教えてくれた。それを私はふんふんと聞いていたが、つながりはわかっていても、現在の彼らに会っているわけではないので、

「ああ、そうなのか」

と思っていただけだった。

親戚とあらためてつながりができたのは、母が倒れたときだった。法事に行く二日前

に倒れたので、まず事情を話して欠席の連絡と、病状を説明しなければならず、何十年ぶりかで叔母に連絡を取った。ピアノ教師の叔母が、

「みんなへの連絡は、私のほうでしておくから心配しないで」

といってくれて、親戚への連絡は彼女にお願いしてしまった。それからは母の病状を知らせるために、電話で話したりファクスを送ったりしていた。母の病気がなければ、親戚と連絡を取り合うことはなかったと思う。

自分も歳を重ねるのと同時に、親も歳を取っていくから、親のきょうだいたちも人数が少なくなっていく。私は子供の頃に、母のきょうだいや、彼らの子供であるいとこたちと会っているので認識しているけれど、いとこたちは私よりも年下でもあり、中年になった彼らの現在を想像するのが難しい。子供のときに一緒に遊んだ記憶しかないのだ。

周囲の人に話を聞くと、親戚と密に付き合いがある人は少なかった。正月やお盆などに親戚一同が顔を合わせる習慣がある家庭だったら、それが引き継がれていくのだろうが、そうではない家だと、一族が集合するのは冠婚葬祭しかない。それはやはり寂しい気がする。私は若い頃は何とも思わなかったけれど、今になって、もっと親戚付き合いをしておけばよかったと、少し後悔しているのである。

92 親しい人を亡くしたときに

私は十三年ほど前に、ひと回り以上年下の友だちを、突然、亡くした。それも亡くなる二日前に、彼女と仕事で会っていたので、秘書の方から連絡を受けたときも、

「はあ、そうですか……」

としか返事ができず、そのときお母様とお話しさせていただいても、何も考えられずに、いったい何が起きているのか把握できなかった。密葬に参列してご遺体と対面して涙も出てきたが、この状態はいったい何なのだろうかと、とても不思議な感覚だった。号泣するわけでもなく、自分としては冷静に受け止めたつもりでいたが、体はそうではなかったらしく、ふだんはそんなことはないのに、胃腸の状態が不安定になった。そのときはじめて、自分の気持ちと体が別々になっていたのがよくわかった。

その後、写真は飾らないまでも、毎日、お線香をあげていた。そのたびに、どうしてこんなことになったんだろうとか、これからいくらでも才能を発揮できたのにと、彼女との会話から、亡くなった理由を推測したりもしたが、数年経ったとき、彼女が亡くなった現実を悲しんでいるよりも、生きているときに私に残してくれた事柄を褒めてあげ

ようと、やめてしまった。

そのとき、悲しい出来事があっても、残された者は毎日、淡々と過ごすしかないのだと感じた。その人がいたときと同じように過ごす。最初はふとその人を思い出して、どうしていないのかと、悲しくなったり怒ったりするが、ふだんと同じ生活をできるだけ続けるのが、亡くなった人に対しても自分にとってもよいような気がする。

ご長寿さんはおめでたくて素晴らしいけれど、人生、長いばかりがよいというわけではない。短かったとしても不幸なわけではなく、そのなかで凝縮した人生を送った人も多いし、ただだらだらと怠惰に過ごして、齢（よわい）を重ねる人もいる。寿命は自分でもどうにもならないし、生きている限り、死からは誰もが逃れられない。生きているものには当たり前に訪れるのだ。

亡くなった人の素晴らしいところ、その人によってもたらされた楽しかった記憶、くだらない話で大笑いして盛り上がった、ばかみたいな時間などを心に残しておきたい。そして私もそのうちそちらに行くから、死後にそういう機会があるなら、故人と再会できるのを、楽しみにしているのである。

エイジング

93 「なるようにしか、ならない」を受け入れる

三十歳になったとき、私は会社をやめて、物書き専業になった。当時は目の前の仕事をこなすのに精一杯で、六十代の自分の姿なんて、想像もできなかった。会社員からフリーランスになると、収入が不安定になるし、仕事がちゃんとできるのだろうかと不安にもなったが、まだ当時は転職も容易にでき、年齢的にもアルバイトはたくさんあった。学生時代にずっとアルバイトでお世話になった書店からは、働きたくなったらいつでも戻ってきていいといっていただいていたので、フリーランスになって仕事がなくなったら、アルバイトで食いつなげばいいと考えていた。そのとき私の頭の中には、木造の古いアパートに住んで、遊びに来たご近所のネコを部屋に入れ、本を読んでいるおばさんの姿があった。それが四十代後半、五十代の自分の姿だった。それはそのときの私にとって、歳を重ねたいちばん理想の姿だった。それ以降の姿など、頭の中になかったのだ。

その後、特別問題もなく今に至り、ありがたいと感謝するしかないのだが、若い頃に想像もしていなかった六十代になってみると、五十代よりは平穏な気がする。六十代の後半になればまた違うのかもしれないが、心情的には五十代の半ばよりも今のほうがず

っと楽になっている。自分の体の不調やら、親の介護やら、人によっては多少、ずれるかもしれないが、私の場合は五十代にすべてが集中してしまったので、毎年、あたふたしている間に、ふと気がついたら五十代が過ぎたという感じだった。

六十代になって感じるのは、図々しくなったというか、肝が据わったというか、自分を取り巻くすべてのものに対して、

「来るなら来い！」

という気持ちになったことだろうか。どんな人でもよいときもあれば悪いときもある。私も仕事やプライベートで、どうなっちゃうんだろうかと心配になった時期もあったが、結局は、

「なるようにしか、ならない」

のである。なので無用の心配や、取り越し苦労はしない。それらは確実に体に悪い影響を与える。悩んで事態が好転するのならばいいけれど、多くの場合、そうではない。何かしら新たな問題が発生したら、そのときに考える。うろたえないので、女性としては可愛(かわい)げはないかもしれないが、これも性分だから仕方がないと、諦めているのである。

94 大人の言葉遣いと立ち居振る舞い

私は若い頃は言葉遣いが乱暴だった。とはいっても、「てめえ」とか「○○だぜ」などとはいわなかったが、女性らしい「お」をつけるような丁寧な言葉遣いはしなかった。そのような言葉遣いをすると、女性らしさをアピールしているような気がしていやだったのだ。同年輩の女性が煮物を「お煮物」といったり、大学の同級生の男の子に「○○していらっしゃるの」などといっているのを聞くと、こちらの背中がもぞもぞしていた。今から思えば彼女たちは私立の女子中学、高校の出身で、言葉遣いは学校でもうるさくいわれていたのだろう。一方、私は私立大学に入学するまで、すべて公立の野放し状態だったので、その差が出たのだ。

若い頃はそれでもよかったが、まさか三十代になっても、十代、二十代のような言葉遣いをするわけにはいかない。相手に失礼がないようにと、敬語に気をつけても、付け焼き刃だと何かの拍子にぽろっとぼろが出たりする可能性があるので、なるべくふだんから丁寧な言葉を使うようには気をつけていたが、なかなか難しかった。

中年になってお手本になったのは、小唄の師匠である。下町で生まれ育った師匠は、

「ありゃあ、まずいね」などと、きっぱりとした口調でお話もされるのだが、もともと芸者さんで高名な方々のお相手もなさっていたので、丁寧な言葉遣いもさらっと出て、そばでお話をうかがっていて、とても勉強になった。

立ち居振る舞いは自分で自分の姿が見えない分、大変である。友だちと旅行に行ったときのビデオを見ていて、変な姿勢の人がいると思ったら自分だったりして、びっくりした覚えがある。人の姿を見て、

「あら、あの人、あんな格好している」

と呆れたりするけれど、きっと自分も他人からは同じように思われている。まさに人の振り見て我が振り直せなのである。

ばたばた動かないとか、大声を出さないとか、気をつけていることはあるにはある。いちばん気をつけているのは姿勢なのだが、ふと気がつくと背中が丸まっている。あわてて背筋を伸ばすのだけれど、ずっとその姿勢を維持するのは大変なのだ。

しかし言葉遣いも立ち居振る舞いも、習慣にしなくては身につかない。なるべく周囲の人を不愉快にしないためにも、まだまだ修業中なのである。

95 諦めること、手放すこと

もともと、身を削るほど努力はせず、諦めが早いタイプなので、物事を諦めることについては抵抗はない。大学も志望校には合格できなかったが挫折もせず、浪人すればいいと軽く考えていた。

就職先もそれなりに希望も欲もあったが、自分の希望のすべてが揃っている会社などあるわけがないので、諦められるところは諦めた。まあ仕方がないという感覚である。それでも二十四歳までに六回も転職したのは、まともではなかったと思う。せっかく入社しても、いやなことが重なると、そこでがんばるのではなく、とっとと逃げるタイプだった。世の中にはその「まあ仕方がない」を受け入れられずに、必死に相手と闘う人もいるけれど、私にはそういう気力がないのだ。

物欲についていえば、これまでたくさんの物を買ってきたが、手放したものも多い。着物や宝飾品など、よく手放せるねといわれたこともあるけれど、一度、購入してしまったら、値段は関係なくただの私の所有物になる。それをリサイクルショップに売って換金しようとすると、自分の気持ちのなかでねじれが出てくる。学生時代にお金がないときは、LPレコードや本を売って換金していた。実家を建てたときは税金を支払えなくなり、宝飾品やバッグなどを質店に買い取ってもらった。それ以降は所持品を換金したことはない。物を手放すのなら自分が納得した相手に差し上げるか、バザーに出す方式である。

貯金をいくら持っていても、どれほど物を持っていたとしても、免状をたくさん持っていたとしても、すべてあの世には持っていけない。四十代、五十代の半ばくらいまでは、頭でわかっていても、現実問題としてそのような心境にはなれなかったけれど、さすがに還暦を過ぎると、人生のゴールが小さな山の向こうに見えてくる。なるべく周囲の人の手を煩わせず、どうやって自分のゴールに到達するかを考えざるをえない。

三年前、業者にトラックで来てもらい不要品を処分したが、それでもまだ物があるので、気合いを入れて処分し続けなくてはならない。物に囲まれているのが好きな人もいるし、誰にでもあてはまるものではない。その人なりに生きているときが楽しく過ごせればいいのだ。しかし今の私には物が多すぎて、それが負担になっている。「どんな物もあの世には持っていけない」を心に刻んで、処分に励んでいるのである。

96 室内にも危険はいっぱい

十代、二十代の頃と違い、徹夜ができなくなったとか、疲れが取れなくなったとか、三十代になって年齢というものを感じるようになったりしたけれど、還暦を過ぎると、そういったことをあらためていうほどでもなくなった。当時は無理をすると、その後の体調の変化に驚いていたが、この歳になると無理をすることすらできないので、ただただ毎日がフラットな感じになっている。そのなかで体調がいまひとつの日や、元気な日もあるといった感じなのだ。

高齢者の室内での死亡事故が、年間で交通事故死よりも多いと聞いたとき、

「へえ、そんなことがあるのか」

と半信半疑だったが、還暦を過ぎると、

「そうかもしれない」

と深く納得した。私はまだそこまでいっていないが、同年輩の友だちが室内で転びはじめたのである。若い人からは想像もつかないかもしれないが、床に置いてあった障害物につまずいたのではなく、何もない平らな場所でつまずいて転ぶのである。それで膝

や胴体を打ち付けたりする人も多く、今は打ち身程度で済んでいるけれど、すべてのタイミングが悪かったら、大事になるかもしれないと、身を引き締めた。

そんな私が先日、本の整理の途中で、床に置いた本の山につまずいて、前のめりに転びそうになった。すんでのところで踏ん張って事なきを得たが、体勢が傾いてあせりまくった私の目に迫ってきたのは、テレビ台の角だった。もしも両手に本や荷物を持っていたら身動きが取れずに踏ん張りがきかず、そのまま角にぶつかっていたかもしれないと考えると、冷や汗が出てきた。

このようにこちらの反応は鈍くなるし、想像もしていなかったアクシデントに見舞われる可能性も高くなった。外に出るよりも家の中のほうが危険がいっぱいなのである。歳を重ねていちばん衝撃だったのが、本来ならばリラックスできるはずの室内の生活が実は危ない、ということだったかもしれない。外見、記憶の老化については理解していたが、こうなってしまうとは知らなかった。ショックは受けたけれど、現実なのだから仕方がない。何があってもすべて、

「なるほど、気をつけなければ」

とうなずく。対処法はこれしかないと私は淡々と受け入れ続けているのである。

97 母の介護で知ったこと

私の母は現在、要介護3の認知症だが、その原因は脳内出血だった。おかげさまで手術はせずに済んだものの、その後遺症として短期の記憶障害が起こり、認知症につながっていった。母の主治医から前もって後遺症の可能性は聞いていたので、心づもりはできていた。ゆるやかに認知症を発症したのと、母のように病気が原因なのとでは、周囲の受け取り方も違ってくる。私の場合は、母にその症状が出たときに、ああ、やっぱりねという感じだったのだ。

母は幸いにも運動機能障害が起こらなかったので、自由に動いて話すことができる。入院時の記憶はないので、以前の自分とまったく同じだと思っていた。いつも「呆(ぼ)けると困るから、脳トレしなくちゃ」とそればかりをいっていた。まさか「あんたはすでに呆けている」ともいえず、「ああ、そうねえ」と相槌(あいづち)を打っていた。同じ話を十回以上繰り返すので、そのたびにはじめて聞いたように、相手をしなくてはならなかった。

最初はうんざりしたけれど、仕方がない。同じことばかりいうなといっても、本人は自覚がなく、文句をいっても改善されないのだから、こちらが対応を考えるしかない。

同じことを何十回も繰り返したり、簡単なことができなくなったとしても、それが本人の現在のふつうの状態と思えば、こちらも慣れるものだ。ただそれは母の状態が軽度だったからで、重度の症状がある場合は、そう簡単にはいかないだろう。同じような立場にいる周囲の人々の話を聞くと、概して男性は母親がそういった状態になるのが耐えられず、本人を怒鳴りつけたり、管理して自分のいうことを聞かせようとする傾向があった。これで夫婦間に亀裂が入ったりした例もあった。

私の場合、いちばん大変だったのは、入院した病院に業者への洗濯委託システムがなくて、週に最低三回は洗濯物を抱えて、往復二時間以上かかる道のりを仕事をしながら通わなくてはならないことだった。そこまで気が回らなかったが、時間のロスを考えると、多少の費用がかかっても、そういうシステムがあるか確認して病院を選んだほうがいい。現在、母は施設に入所して元気に過ごしている。うちの場合は比較的楽だったといえるのかもしれない。介護の内容は千差万別だろうけれど、小さな事柄でも情報を収集し、自分だけで抱え込まずに、専門家と話し合うのがいちばんだと思う。

98 中高年はすべて「ほどほど」に

日本人女性の、他者の援助を受けないで生活できる健康寿命は七十五歳、平均寿命は八十七歳であるらしい。私の年齢だとそれぞれ、あと十三年、二十五年あるわけだが、あっという間に年月は経つだろう。

どんなふうに歳を取っていきたいかとたずねられて、私の希望としては、病気とは無縁で元気潑剌と過ごしていたいのではあるが、そううまくはいかないのが人生というものである。そうなりたくないと思う方向に進む場合も多い。若くても、将来どうなるかはわからないし、それは中高年でも同じなのだけれど、日に日に人生の最期が近づいているのは間違いないのだ。

私は基本的に将来に対して夢や憧れなどを持たず、ただ目の前の選択肢を、次々に選んできた。将来よりも目の前のことしか考えていなかった。それは今でも同じである。こうなりたい、こうしたいという希望はなく、とにかく特に重要な問題が起こらないように、毎日を過ごしていくこと。ふつうに生活できればそれでよい。老後の生活費については、何千万必要などといわれたり、一度、生活ランクを上げると、元には戻れないという人もいるが、私の場合はそのあたりは順応性があるので、収入が減ってもそれなりに生活できる自信はある。

健康面では週に一度の漢方薬局での体調チェックのおかげで、問題のある状態にはならなくて済んでいる。自分が気持ちよく暮らしていくには、やはり体調が整っていないと難しいので、この点だけは気をつけていきたい。それ以外は、加齢によって様々な出来事が起こるだろうが、そのつど対処していく。それでも体調が悪くなってしまったら仕方がないし、受け入れて暮らすしかないのだ。

とにかく自分のこれからがどうなるかは誰にもわからない。私の推測だが、自分はこうなりたいと頑（かたく）なに考え、また努力してしまう人が、そうならなかった場合に、絶望してしまうのではないだろうか。若いうちならともかく、中高年はすべて「ほどほど」にしておいたほうがいい。なかには目標に向かって突っ走って成功する人もいるが、そういう人はほんの一握りである。私は仕事とうちのネコの世話はきちんとするけれど、あとはのんびり過ごしたい。これからも毎日をゆるく過ごし、そのまま高齢者枠にゆるゆると入っていきたいと思っている。

99 ため息のエンディング・ノート

四十代のとき、五十歳になったらエンディング・ノートを書こうと思っていたが、五十歳になったときには何もしなかった。その後、

「還暦を迎えたら書こう」

と考えて、六十歳の誕生日に書こうとはしたのだけれど、

「どうしようかな。まあ、いいか」

で済ませてしまい、今に至るまで書いていない。私がどういう状態で死んだとしても、絶縁に近い状態の弟には、私のことは無視してよいといってあるので、後始末をしてくださるのは、他人様（ひとさま）になる可能性が高い。そのためには、何かしら書き記しておいたほうがいいとは思っている。

ただそれをどうするかである。ふだん読んでいる雑誌に、私よりも十歳以上年上の、単身者の女性の方々の終活の話が載っていた。突発的な事態になったときのために、自分が望む治療方法などを書いた紙を、いつも持ち歩いている方もいるし、入院する際に必要なものをすでにスーツケースに入れ、友人に病院に持ってきてもらうように頼んで

いたり、司法書士、遺品整理士に死後の手続きを依頼している方もいた。何かあったときに、わけがわからないまま、自分の望まないようなことをされるのは、やっぱりいやなのだ。

たとえばどのような内容を書くのかと、ノートの見本を見てみたら、こんなに細かいことまでとため息が出た。本籍、家族、銀行口座、クレジットカード関係、保険、借金、資産などは、まあ、それはそうだろうなとは納得したのだが、時代を反映して、インターネットショッピングのパスワードなども含まれている。私はインターネットショッピングをする場合、会員登録をしなくても購入できる場合は登録しないし、クレジットカードを登録しているのはごく一部のサイトのみである。それでもすべてを思い出して書き出せるのか自信はない。

他にも、自分の意思が伝えられないほどのダメージを受けたとき、どのような治療を希望するか、などなど、人が一人亡くなるのは、こんなに大変なんだとあらためて驚いた。これと遺言書はまた別なのである。正直、面倒くさい。私は無駄に病院には行かず、外ネコのように、

「あら、最近、見なくなったわね」

というふうに、さらりとこの世からいなくなりたいのだが、人間というものは何といろいろなものを背負って生きているのかと、少しうんざりしたのだった。

100 人生の終わりはなるべく簡単に

就活、婚活、妊活もしなかった私だが、さすがに終活は無視できない問題である。無視できないといっても、私は墓をどうしようとか、ほとんど考えていない。山の奥にうっちゃっといてもらっても、まったくかまわないのだけれど、現代の法律ではそうもいかないので、いちおう考えておかなくてはならないのが面倒くさい。

だいたい、自分の寿命がわからないのが困る。わかったら、どれくらい生活費がいるかがわかり、その分だけ働けばいいのだが、手持ちのお金をどれくらい使っていいのかわからないのが、厄介なのだ。そのためにまず貯金という人もいるけれど、老後のために貯金をするなんて、まるで人生が老後のためだけにあるようで、つまらない。たしかに全然ないのは辛いけれど、それよりも分相応に楽しく生活したほうが、人生は充実するような気がする。

私の希望は、一緒に暮らしているネコよりも長生きする、という一点だけなので、ネコをきちんと看取った後は、いつ自分が死のうが、どうでもいい。漢方薬局で体調のチェックをしてもらい、薬を調合してもらう以外、何もしていない。自分も無理をしない生活を心がけてはいるが、それでも老化はおとずれる。生老病死は順番で自然の摂理なのである。

まず入院しなければならなくなったら、延命治療は不要にしてもらいたい。自分でもそれなりに体調に気をつけてきた自負もあるので、悪あがきはしたくない。素直に状態を受け入れて、痛みがあればとってもらいたいが、それ以外は必要ない。また葬儀についても、できれば病院から直接火葬場に移動して、焼く方式にしていただきたい。本人はいないのだから、なるべく簡単にしたいのである。

前々から絶縁状態に近い弟には、

「そちらで母親と二人分の墓を建てて、私の分は考えなくてもよろしい」

といい渡してあり、自分のことだけを考えればいいので気楽ではある。電車に乗ると、単身者、夫婦用の小さな墓の募集の広告を見る機会もある。これからはこういった墓所の形も増えてくるだろう。突発的に何が起きるかわからないけれど、そういうときは後に残った方々に、

「できる範囲で、最低限のことだけやってくだされば結構です」

と今から伏してお願いする次第である。

文庫版あとがき

この本の単行本が出てから、三年近くが経ってしまった。新型コロナウイルスが流行(はや)っても、特に何の変化もない私の生活だったが、あらためて内容を読んでみると、今と違っているところがいくつかあった。

まず服についてあれこれ紹介しておいて大変申し訳ないのだが、書いた服に関しては、ほとんど手元にない。服の色や好みは基本的には変わっていないのだが、この三年で私の体感がいろいろと変化してきたので、それに合わないものは処分するしかなかったのだ。

二年ほど前、突然、体に湿疹ができて、化学繊維のものや、綿であっても化学染めのものは、肌への刺激になって、着ていてもつらくて仕方がなかった。原因を考えると、辛いものが苦手で極力控えていたのに、あるとき突然、食べたくなり、そのうえそれがとてもおいしくて、毎日、唐辛子系の辛いものを食べていた。するとしばらくして、両腕の内側に湿疹がどっと出てきた。そしてそれがとても痒いのである。

唯一、肌が受け付けたのは、藍染めのものしかなく、家では肌に触れるいちばん下の衣類として、男性用の藍染めのTシャツを着ていた。最初は両腕の内側に湿疹が出て、それが治ったと思ったら、今度は背中に出た。背中が治まったと思うと、今度は体の前面に。それが治まると再び両腕の内側と、上半身に一気に出ることはなかったのだが、まるで順番が決まっているかのように、何回ものローテーションを繰り返し、二か月後にやっと治った。不思議なことに、首から上とウエストから下には一切、出なかった。

服を着ていれば、外からわからなかったのは幸いだったが、風呂に入るときには、毎回、

「なんだろうな、これは」

と鏡を見ながら情けなかった。どうやらもともと苦手なものを、過剰に摂取してしまい、体内でうまくそれらの成分を分解することができず、なんとか体から出そうと、湿疹として表面に出してきたらしい。ただしなぜそのような、発疹のローテーションが組まれたのかについてはわからない。

このような事情があって、肌への刺激で着られないものがたくさん出てきたり、敵のように着まくっていたので劣化が激しくなったりで、そういったものはすべて処分してしまった。参考にしていただいた方にはお詫びいたします。

台所用品のなかで、奥田漆器の調理箸を紹介した。これはとてもたたずまいが美しく、外見と使い勝手が両立するいい品物だが、編集者がプレゼントしてくれた菜箸もとても使い勝手がよく、何本か買いためている。千代田区飯田橋駅のそばにある「ひば工房」のもので、ニスを塗っていないひば材で長さが二十八センチのもの。オンラインストアで購入できる。価格は税込で七百円。長さ三十三センチのほうは九百円。長短二本セットは千五百円。

シャンプーに関しては、なるべくプラスチックの容器のゴミを出したくないので、固形のシャンプーバーをあれこれ試してみたのだけれど、私にはどれも仕上がりがいまひとつだった。この三年間で髪の毛を伸ばし、ショートカットからボブスタイルになったため、より髪の毛の癖が出やすくなったのも影響していると思う。いっそすべてが白髪になり、軽い感じになったら、多少、毛先がはねていても問題なさそうだが、いまは中途半端に白髪があるので、変な癖が残ると気になるのだ。

「自然葉シャンプー」がちょうどなくなったので、試しに『ロゴナ』の「エイジエナジー　シャンプー」を使っている。ヴィーガン仕様で今のところなかなかいい感じだ。

日々の生活についてはこのくらいの変化だが、いちばんの変化は二月に母が九十歳、うちの超高齢ネコが十月に二十二歳と七か月二十八日で亡くなったことだろうか。どちらも老衰で、闘病の結果ではなかったのが身内としてはありがたかったのだが、歳を重ねると出会いよりも別れが多くなるのだなあとつくづく感じた年だった。特にネコのほうは、直前まで元気だったのに、夕方に突然、後ろ足が立たなくなり、これから介護がはじまると覚悟していたら、翌日の明け方に亡くなってしまった。あっという間でびっくりしたが、うちのネコの、きっぱりした性格を考えると、らしいなあと納得した。これから社会的にも個人的にも、いろいろ出来事があると思うが、それでも新しい日はやってくる。少しでも穏やかにより楽しく、前向きに暮らしていきたいと思っている。

二〇二〇年十一月

本書に登場する衣類、日用品類はすべて著者の私物です。
現在では、入手が難しいものもあります。
また、漢方薬局に関するお問い合わせにはお答えできません。
ご了承ください。

本書は、二〇一八年二月、集英社より刊行されました。

初出
集英社ＷＥＢ文芸「レンザブロー」
二〇一六年一月八日〜二〇一七年八月十一日

本文デザイン／大久保伸子
本文イラスト／イオクサツキ

群ようこの本

衣もろもろ

着ていて楽で、ダサい人に見えない服はあるの？　年とともに激変していく体型に戸惑いつつ模索するお洋服選び。中高年女性のリアルで赤裸々な共感&爆笑エッセイ。

集英社文庫

群ようこの本

衣にちにち

暑さ寒さに一喜一憂。季節が変わるごとに四苦八苦。年相応に小綺麗でいたいだけなのに、どうしてこんなに悩ましいの？　誰もが抱えるおしゃれの悩みに向き合った、大人気の衣日記。

集英社文庫

集英社文庫　目録（日本文学）

村山由佳　翼 cry for the moon
村山由佳　雪の降る音 おいしいコーヒーのいれ方Ⅳ
村山由佳　緑の午後 おいしいコーヒーのいれ方Ⅴ
村山由佳　海を抱く BAD KIDS
村山由佳　遠い背中 おいしいコーヒーのいれ方Ⅵ
村山由佳　夜明けまで1マイル somebody loves you
村山由佳　坂の途中 おいしいコーヒーのいれ方Ⅶ
村山由佳　優しい秘密 おいしいコーヒーのいれ方Ⅷ
村山由佳　聞きたい言葉 おいしいコーヒーのいれ方Ⅸ
村山由佳　天使の梯子
村山由佳　夢のあとさき おいしいコーヒーのいれ方Ⅹ
村山由佳　ヘヴンリー・ブルー
村山由佳　蜂蜜色の瞳 おいしいコーヒーのいれ方 Second Season Ⅰ
村山由佳　明日の約束 おいしいコーヒーのいれ方 Second Season Ⅱ
村山由佳　約束 ―村山由佳の絵のない絵本―
村山由佳　消せない告白 おいしいコーヒーのいれ方 Second Season Ⅲ

村山由佳　凍える月 おいしいコーヒーのいれ方 Second Season Ⅳ
村山由佳　雲の果て おいしいコーヒーのいれ方 Second Season Ⅴ
村山由佳　彼方の声 おいしいコーヒーのいれ方 Second Season Ⅵ
村山由佳　遥かなる水の音
村山由佳　記憶の海 おいしいコーヒーのいれ方 Second Season Ⅶ
村山由佳　地図のない旅 おいしいコーヒーのいれ方 Second Season Ⅷ
村山由佳　放蕩記
村山由佳　天使の柩
村山由佳　La Vie en Rose ラヴィアンローズ
村山由佳　ありふれた祈り おいしいコーヒーのいれ方 Second Season Ⅸ
村山由佳　猫がいなけりゃ息もできない
群ようこ　トラちゃん
群ようこ　姉の結婚
群ようこ　でも女
群ようこ　トラブルクッキング
群ようこ　働く女

群ようこ　きもの365日
群ようこ　小美代姐さん花乱万丈
群ようこ　ひとりの女
群ようこ　小美代姐さん愛縁奇縁
群ようこ　小福歳時記
群ようこ　母のはなし
群ようこ　衣もろもろ
群ようこ　衣にちにち
群ようこ　ほどほど快適生活百科
室井佑月　血い花
室井佑月　作家の花道
室井佑月　ああ～ん、あんあん
室井佑月　ドラゴンフライ
室井佑月　ラブ ゴーゴー
室井佑月　ラブ ファイアー
タカコ・半沢・メロジー　もっとトマトで美食同源！

集英社文庫 目録（日本文学）

毛利志生子 風の王国
茂木健一郎 ピンチに勝てる脳
百舌涼一 生協のルイーダさん あるバイトの物語
百舌涼一 中退サークル
持地佑季子 クジラは歌をうたう
望月諒子 神の手
望月諒子 腐葉土
望月諒子 田崎教授の死を巡る 桜子准教授の考察
望月諒子 鱈目（たらめ）講師の恋と呪殺。 桜子准教授の考察
森絵都 永遠の出口
森絵都 ショート・トリップ
森絵都 屋久島ジュウソウ
森絵都 みかづき
森鷗外 舞姫
森鷗外 高瀬舟
森達也 A3（エースリー）(上)(下)

森博嗣 墜ちていく僕たち
森博嗣 工作少年の日々
森博嗣 ゾラ・一撃・さようなら Zola with a Blow and Goodbye
森博嗣 暗闇・キッス・それだけで Only the Darkness or Her Kiss
森まゆみ 寺暮らし
森まゆみ その日暮らし
森まゆみ 旅暮らし
森まゆみ 貧楽暮らし
森まゆみ 女三人のシベリア鉄道
森まゆみ いで湯暮らし
森まゆみ 『青鞜』の冒険 女が集まって雑誌をつくるということ
森まゆみ 彰義隊遺聞
森まゆみ 森まゆみと読む 林芙美子「放浪記」
森瑤子 情事
森瑤子 嫉妬
森見登美彦 宵山万華鏡

森村誠一 壁の目 新・文学賞殺人事件
森村誠一 終着駅
森村誠一 腐蝕花壇
森村誠一 山の屍
森村誠一 砂の碑銘
森村誠一 悪しき星座
森村誠一 黒い神座（みくら）
森村誠一 ガラスの恋人
森村誠一 社奴（しゃど）
森村誠一 勇者の証明
森村誠一 復讐の花期 君に白い羽根を返せ
森村誠一 凍土の狩人
森村誠一 悪の戴冠式
森村誠一 社賊
森村誠一 誘鬼燈
諸田玲子 月を吐く

集英社文庫　目録（日本文学）

諸田玲子　髭麻呂　王朝捕物控え
諸田玲子　恋縫
諸田玲子　おんな泉岳寺
諸田玲子　狸穴あいあい坂
諸田玲子　炎天の雪(上)(下)
諸田玲子　恋かたみ　狸穴あいあい坂
諸田玲子　四十八人目の忠臣
諸田玲子　心がわり　狸穴あいあい坂
諸田玲子　今ひとたびの、和泉式部
八木圭一　手がかりは一皿の中に
八木圭一　手がかりは一皿の中に　ご当地グルメの誘惑
八木澤高明　青線　売春の記憶を刻む旅
八木澤高明　日本殺人巡礼
八木原一恵・編訳　封神演義　前編
八木原一恵・編訳　封神演義　後編
矢口敦子　祈りの朝

矢口敦子　最後の手紙
矢口敦子　海より深く
矢口敦子　炎より熱く
矢口史靖　小説　ロボジー
薬丸岳　友罪
八坂裕子　幸運の99％は話し方できまる！
八坂裕子　言い返す力　夫・姑・あの人に
安田依央　たぶらかし
安田依央　終活ファッションショー
柳澤桂子　愛をこめ　いのち見つめて
柳澤桂子　生命の不思議
柳澤桂子　ヒトゲノムとあなた
柳澤桂子　すべてのいのちが愛おしい　生命科学者から孫へのメッセージ
柳澤桂子　永遠のなかに生きる
柳田国男　遠野物語
矢野隆　蛇衆

矢野隆　慶長風雲録
矢野隆　斗棋
山内マリコ　パリ行ったことないの
山内マリコ　あのこは貴族
山川方夫　夏の葬列
山川方夫　安南の王子
山口百恵　蒼い時
山﨑宇子　ラブ×ドック
山崎ナオコーラ　「『ジューシー』ってなんですか？」
山田詠美　メイク・ミー・シック
山田詠美　熱帯安楽椅子
山田詠美　色彩の息子
山田詠美　ラビット病
山田かまち　17歳のポケット
山田吉彦　ONE PIECE勝利学
山中伸弥・畑中正一　iPS細胞ができた！　ひろがる人類の夢

集英社文庫

ほどほど快適生活百科

2021年1月25日　第1刷　　定価はカバーに表示してあります。

著　者　群　ようこ
発行者　徳永　真
発行所　株式会社　集英社
東京都千代田区一ツ橋2-5-10　〒101-8050
電話　【編集部】03-3230-6095
【読者係】03-3230-6080
【販売部】03-3230-6393（書店専用）

印　刷　大日本印刷株式会社
製　本　大日本印刷株式会社

フォーマットデザイン　アリヤマデザインストア　　マークデザイン　居山浩二

ISBN978-4-08-744199-4 C0195